The Story of 邪悪にして悪辣なる地下帝国物語
Evil and Unscrupulous Underground Empire

Hideki Uryu
雨竜秀樹

3

主な登場人物
Main Characters
ギールイル・
ギールガシア・
ギーストリア
アルアーク・アベル・
アルティムーア
滅亡した魔法帝国の皇子。
妹とともに、地下迷宮の化身となり、
侵略国への復讐を企む。
ハルヴァー・アベル・
アルティムーア
アルアークの妹。絶大な魔力を持つ、
地下迷宮の支配者の一人。
兄を狂信的に崇拝している。
地下帝国の重鎮達
テェルキス
テオドール・ビロスト
グラッド
シア
ルガル

モニカ
勇者をも翻弄する力を持つ謎の凄腕女盗賊。
迷宮の秘密を仄めかすが……!?
アルメ
勇者カイルを慕う聖王国の元聖堂騎士。
地下迷宮攻略の使命を与えられている。
セレンデァス・ルフェストニアム
聖神教会に反抗する黒い勇者、
通称：セレス。
女盗賊モニカの挑戦を受け
聖都で死闘を演じる。
カイル・ランフレア
聖王国に属する七勇者の
一人だったが、
地下帝国の主との戦いに敗れ、
その臣下に加わる。

プロローグ

月が真っ赤に染まっていた。

絢爛《けんらん》たる聖都は静けさに包まれており、夜遅くまで行われる司祭達の説法も騎士達が剣や弓を扱う訓練の音も、この夜はまったく鳴りを潜《ひそ》めている。

聖都の民衆は、そのただならぬ雰囲気に誰もが言い知れぬ不安を覚えた。

赤い月は人々の不安を象徴しているかのようである。

熱心な聖神教の信徒である聖都の民は心を落ち着かせようと、聖神に祈りを捧《ささ》げたが、一度生まれた不安を消すことはできなかった。形のない恐れが夜の闇を深め、聖都全体を包み込んでいく。

そんな中、ある古びた館の前に、とある少女が現れた。

モニカである。

ぴょんと飛び撥《は》ねた髪の毛を揺らしながら、モニカは目当ての人物を見つけて声をかけた。

「セレンデァス・ルフェストニアムさん、探しましたよぉ～」

名を呼ばれた女は、館に入ろうとしていた足を止め、少し驚いたように答える。

「へぇ、よく噛《か》まずに名前を言えたな」

「驚くポイントはそこスかぁ？　『よくこの場所を突き止めたな』とか、『お前はいったい何者だ』とか、そんな感じのリアクションを期待していたんスけど？」

にゃははと、モニカは猫のように笑う。

敵対する意思はないとも取れるし、相手を油断させる演技にも見える。

女は少し困ったような笑みを浮かべて言った。

「とりあえず、オレ様……おっと、わたくし様のことはセレスって呼んでくれ、本名はセレンディにゃ……、セレンデァス・ルフェズぅ……。ああ、長い名前なんでな、舌を噛みそうなんだ」

目立つ容貌《ようぼう》の女である。

ショッキングピンクに染めた長髪、ギラギラと輝く紫と金の色違《オッドアイ》いの瞳。

美しくはあるが、その美しさは獲物を油断させる人食い花が持つ類《たぐい》のものであり、その鋭い眼光は獲物を狩ろうとする野獣のようでもある。

「セレス、七勇者の一人にして、聖神教会に反抗している異端児《いたんじ》」

「ご存知いただき、光栄の至りだ」

「聖神教会から指名手配されている貴女が、その聖神教会の総本山ともいえる聖都のど真ん中に堂々と館を構えているのには驚きましたよ。この聖都の警備も意外とザルなんスねェ〜」

モニカはからかうように言う。

この聖都、大軍を防ぐ備えは万全だが個人の抜け道は多い。それもこれも、金で動く輩《やから》がいるためだ。

「それで、何か用事か？」

「いやぁ～、七勇者の一人である貴女にお願いがあって来たんスけど……」

七勇者。

聖王国にいる七人の勇者はいずれも一騎当千《いっきとうせん》、いや、一騎一軍に匹敵する力の持ち主である。

彼らのうち、三人は聖王国の軍に属しており、三人は冒険者として活動している。

そして、残る最後の一人はセレス。

勇者でありながら聖神教会に反抗する者である。

「話くらいは聞いてやるよ。入りな」

何かの魔法か、ギィィイイと軋《きし》んだ音を立てて、門が独りでに開く。

彼女の住処《すみか》らしいが、パッと見はまるで幽霊屋敷のようだ。

手入れがされていないため、草木は茫々《ぼうぼう》、門の蝶番《ちょうつがい》も錆《さ》びている。おまけに泥棒が侵入した形跡があり、何カ所も窓が割られていた。

外観だけでこのありさまなので、館の中は、推《お》して知るべしである。

「外でいいスよ」

別に、掃除していない埃《ほこり》だらけの部屋に入ることを嫌がったわけではない。

単純に、外の方が話しやすいと考えたからである。

（しばらくの間なら、教皇の目を誤魔化すこともできますしねェ〜）

モニカは笑顔を崩さずに続ける。

「地下迷宮に手を貸すの止めてもらえませんか？」

「地下迷宮？　さて、どっちの地下迷宮だ？」

セレスは面白そうに尋ね返す。その目は相手を見定めつつ、飛び掛かる隙を窺《うかが》っている獣のようだ。

「どっちもです」

モニカはきっぱりと答える。

「地下迷宮は世界にとって、害悪スよね？　勇者としては、どっちもぶっ潰《つぶ》すのが正しいと思いませんか？」

「勇者としての本分を忘れたオレ様……、おっと、わたくし様には関係ない話だな」

セレスは肩をすくめる。

「ケチッ」

モニカはぷっと頬を膨らませる。

「ははっ、交渉する相手を間違えたな！」

そう叫ぶや否や、セレスはいきなりモニカに飛び掛かった。

いつの間にか、禍々《まがまが》しい輝きを宿す剣を手にしており、その剣がモニカ目がけて振り下ろされる。

しかし、それを予想していたのか、モニカは後方に跳んで回避した。

「オレ様……おっと、わたくし様がぶっ壊すつもりなのは、聖王国の方だけだぜ！」

その言葉を聞いて、モニカは軽く肩をすくめながら、飛び撥《は》ねた前髪を揺らす。

「そうですよね～。カイルさんみたいにチョロくないみたいですし……、貴女がどちらの味方をするかは知っています」

と、あくまで余裕を崩さないモニカに、セレスは警戒を強めた。

何度も死線をくぐり抜けた勇者に備わる勘《かん》が、一筋縄《ひとすじなわ》ではいかない相手だと警告している。

「知っている？　おいおい、初対面のはずだが？」

セレスの質問を、モニカはきれいさっぱり黙殺《もくさつ》した。

「仕方がありませんね。扱いにくい役者には、御退場いただきます」

モニカも手品師のように短剣を次々と取り出すと、手にした物から順に投げつけた。その動きは適当なように見えて、短剣一本一本がセレスに吸い込まれるように飛んでいく。

様々な方向から迫り来る短剣を、セレスは己の剣を振り回して叩き落とし、そのままモニカとの距離を詰めていった。

それに対して、モニカも逃げることなく間合いを詰めると、再び短剣を手品のように取り出し、セレスの喉元《のどもと》を目がけて一突きする。

普通の人間ならば、そのまま喉を貫かれて即死するような素早く的確な一撃である——が、セレスは即座に迎撃《げいげき》した。

セレスの長剣とモニカの短剣が激しく火花を散らす。モニカの短剣が弾《はじ》き飛ばされるかと思われたが、彼女は勇者セレスの一撃を見事受け止めた。

だが、勇者の顔にあるのは驚きではなく歓喜《かんき》だった。

(強い！)

自分と互角、いや、それ以上に戦える相手は久しぶりである。

セレスは嬉しくてたまらなかった。

だからつい、相手が人間であることを忘れてしまった。

つば競《ぜ》り合いを続けたまま、セレスは呪《しゅ》を紡《つむ》ぐ。

「——攻撃《アタック》、無慈悲なる必滅《ゲルペシュグライアス》」

これは勇者のみが扱える攻撃魔法であり、周囲に無数の光球を生み出して敵に叩き付ける大技である。基本的に魔獣や巨人などを仕留めるために使う技であり、人間相手に使えば、骨も残さずに消し去るほどの威力《いりょく》を有している。

次々と光球が生み出される中、モニカは素早く対抗呪文を唱える。

「——福音《ゴスペル》、偉大なる守護神《ディヴァーシャングロース》は此処に」

モニカの背後に、盾を手にする顔の無い騎士の幻影が浮かび上がる。

同時に、セレスの周囲を漂《ただよ》っていた光球が一斉に掃射《そうしゃ》された。

先ほどモニカが投擲《とうてき》した短剣をセレスがことごとく撃ち落としたように、今度は騎士の幻影がすべての光球を弾き返す。

「見たこともねェ魔法だな……、いや、それとも奇跡か？」

騎士の幻影は役目は果たしたとばかりに、姿を消してしまう。

「にゃはは、なんでしょうかねェ？」

双方、不敵な笑みを浮かべ、一歩も引かぬ態勢で競り合い続ける。

力を抜いた瞬間、命を失うことになるという緊迫《きんぱく》した状況にもかかわらず、二人は愉しそうに笑っている。

「勇者は地上では殺されないって聞きましたけど、セレスさん、はじめての犠牲者になりますか？」

「いいや、それよりも、いろいろ謎を持ったお前が謎のまま死んでいくっていうのはどうだぁ？」

二人は同時に後方へ跳び退き、武器を構え直した。

「ところで、いくら深夜だからって、こんなに暴れまわれば聖都警備隊が出張ってくるはずだが？」

剣を打ち合う程度ならばいざ知らず、深夜に大魔法が炸裂《さくれつ》すれば、住民達は騒ぎ、聖都の守護を任された者達が駆けつけて来るはずだ。しかし、その気配は全くない。

皆、深い眠りについているかのような静けさである。

「邪魔になりそうだったんで、ちょっと細工をしておいたス。どんなに騒いでも、誰もここには来ませんよ」

「まるで、強姦魔《ごうかんま》みたいな台詞《せりふ》だな」

「にゃ⁉」

セレスの言葉に、モニカは心外だと目を丸くするが、すぐさま自分の言った台詞を思い出して、照れたように笑う。

「ん〜、言われてみれば確かに……、では、言い直しましょう。この夜は私達だけのもの、寝かせませんよ〜」

「……今度は、売れない男娼《だんしょう》の客引きみたいだな」

セレスはぼやきながら、問いかける。

「ひょっとして、この不気味に輝く赤い月のせいか？」

「さあ、どうでしょうか？」

「隠すなよ、お前の仕業《しわざ》だろ？　オレ様……おっと、わたくし様の勘がそう言っている」

魔法や奇跡を駆使して天候を操作し、自分に有利な状況を作りだす術者は大陸でも数えるほどしかいない。

だが、セレスはこの女ならばそれくらいできるような気もした。

「……勘がいいスね。『恐れよ《ヴァルナ》、狂神の憤怒《ジュゲルハイド》』、たとえ神の代理人である教皇でも、今何が起こっているかわかりませんよ」

正直に答えた彼女に、セレスは嬉しそうに笑いながら言う。

「そんな準備をしてくるってことは、交渉は決裂すると、最初からわかっていたんだろ？」

「おや、ばれたスか？」

道化《どうけ》のような態度を示すモニカに、セレスは心底感心する。

「ああ、いいなぁ～。いい勝負ができそうだ……」

モニカはペロリと唇を舐《な》めて、問いかけた。

「おい、もう一度名乗れよ。戦の礼儀だ」

ただ蹂躪《じゅうりん》するつもりであったが、その他大勢《エキストラ》ではないようである。

その名を覚えておこうと、セレスは名乗るように促す。

「様式美《ようしきび》ってやつスか？」

めんどくさいと思いながら、彼女は完璧な一礼をして名乗りを上げた。

「私の名はモニカ……、二つ名とかは特にないス。とりあえず、より良い世界のために、黒き勇者セレスさんに挑戦させていただくスよ」

勇者もそれに応じる。

「いいだろう。七勇者の一人、セレンデァス・ルフェストニアムが受けて立つ」

セレスはそう言うと、自分の言葉に驚きつつ苦笑した。

「……お、今回は名前を噛まずに言えた」

それを合図に、両者は戦いを再開する。

剣戟《けんげき》が響き渡り、魔法により生み出された炎と雷が大地を引き裂くような轟音《ごうおん》を響かせた。さらには、誰も見たことのない魔導の道具や神秘の技が飛び交う。

しかし、セレスが指摘した通り、聖都には誰一人、この死闘の目撃者はいなかった。

人知れず始まった戦いは、人知れず終わることになる。


次の日、セレスとモニカが戦った場所に無数のクレーターができていることに住民達が気付き、大騒ぎとなる。

聖都警備隊は調査を行ったが、原因を突き止めることはできなかった。

ただ、そこで激しい戦いが起きたことは明白であり、その凄まじい痕跡《こんせき》の原因についての噂が聖都に流れたが、数日もするとその噂は消えてしまった。

セレスとモニカという二人が戦ったことは誰も知ることがなかったのである。

しかし、この戦いの結果は、聖都から遠い地にある「邪悪にして悪辣なる地下迷宮」の将来を大きく変えることになるのであった。

何故なら、地下帝国に味方するはずであったセレスは、この戦いを機に別の道を歩むことになるからである。

第一章　地下帝国の日々

邪悪にして悪辣なる地下迷宮の最深部、第八階層。

そこは、地下迷宮の支配者アルアークのために作られた後宮《こうきゅう》であり、「悦楽《えつらく》の神殿」と呼ばれている。ここに立ち入ることができるのは、地下迷宮の支配者である兄妹と彼らの寵愛《ちょうあい》を受けることを許された女のみである。

今まで、兄妹以外にこの場所を訪れたのは小国の姫フランディアルだけであったが、本日新たに十二人の娘が迎え入れられた。

暗殺者集団〝黒蠅《スカニゲルム》〟の中から選び抜かれた娘達だ。

狼のような琥珀《こはく》色の瞳。

死体を燃やした後に残る灰のような色の髪。

蜜《みつ》を塗ったようにヌラヌラとした暗褐《あんかっしょく》色の肌。

それ以外は特に共通点はない。

妖艶な長身の美女もいれば、幼い少年のような背の低い少女もいる。

髪型もバリエーション豊かで、アルアークの妹・ハルヴァーのように長く伸ばした者もいれば、短い巻き毛の者もいる。

愛らしい者、凛々《りり》しい者、儚《はかな》げな者など、おそらく可能な限り見た目の違う娘を集めたのだろう。

これほど美しい娘達が集まれば、男色家でもない限り、必ず一人は好みのタイプがいるはずである。

「美しいな」

「うん、合格！　黒い宝石のようだね。兄様《にいさま》の傍《そば》に置くに相応《ふさわ》しい」

と、絶世《ぜっせい》の美貌《びぼう》を誇る両君主からも称賛の声が上がる。

彼らが見ていたのは見た目の美しさだけではない。

娘達の立ち姿や瞳の輝き、その精神と魂の色まで感じ取って出した評価である。

「一族の繁栄のため、どうかお傍に仕えさせてください」

一人の娘が一同を代表して口を開いた。

彼女は〝黒蠅《スカニゲルム》〟の長ルガルの娘である。

扇情的《せんじょうてき》な服を着ており、十二人の中でひときわ目立っていた。

「よかろう。私の名において、〝黒蠅《スカニゲルム》〟の一族と血の契《ちぎ》りを結ぼう」

そう言って、アルアークは魔法で短剣を呼び出すと、軽く手の平を傷つける。

その血が床に落ちぬように、ハルヴァーは銀の杯を出現させ、兄の傍に寄り添い、手から流れる血を受け止めた。

杯が血で満たされると、ハルヴァーは兄の傷ついた手を癒《いや》すように舌を出してぺろぺろと舐める。

「あぁ、にいさまのちぃ……」

潤《うる》んだ瞳で傷を舐め続ける妹から銀杯を受け取り、アルアークは傷ついていない方の手で銀杯を掲《かか》げた。

「魔法帝国の法と同じく、王族である私は誰か一人を伴侶《はんりょ》とすることはない」

裏を返せば、たとえ誰か一人を愛することになったとしても、その一人だけに愛を注ぐことは許されない。

魔法帝国では正室という概念《がいねん》は存在しない。

女同士の嫉妬《しっと》による争いを避けるための措置《そち》であると同時に、皇帝の愛が平等であることを示すためのものでもある。実際に上手くいくかどうかは魔法帝国の長い歴史を見ても半々だが、アルアークの父と祖父はそのあたり非常に如才《じょさい》なくやっていた。祖父の千を超える妃《きさき》は全員不平不満など言わなかったそうだ。父も十数人の妻に平等の愛を注いで諍《いさか》いを起こさせなかった。

しかし、これだけ多くの伴侶がいながら、魔法帝国の王侯貴族は子宝《こだから》に恵まれる機会は少ない。そのため、世継《よつぎ》の問題に悩まされることはしばしばあるが、王位継承権を争うような事態は数えるほどしかなかった。

「祖先の名に懸《か》けて、みな平等に愛そう。他に愛する男がいるのならば去って良い。咎《とが》めはしない。この婚礼《こんれい》に異議《いぎ》がある者も同様だ」

男女の愛と呼ぶには程遠い言葉だが、王族の彼は普通の恋愛などしない。しかし、だからといって、愛がないわけでもない。彼は確かに伴侶達を幸せにするであろう。

そして、彼の言葉に、「いいえ、異議などありません」とルガルの娘が答えた。

他の娘達も同意して一礼する。

「では、誓約《せいやく》の血を飲むがよい」

アルアークが冷たい声で命じた。

最初の一人が銀の杯に近づき、中に入った血を啜《すす》る。それを皮切りに、娘達は順に銀の杯に口をつけていく。杯の中の血の味は酒にも似た酩酊感《めいていかん》を伴うものの、アルコールを喉に流し込んだ時のように体がカッと燃える熱さはない。氷のような冷たさなのだ。

最後の一人が銀の杯の血を飲み干すと、地下迷宮の支配者アルアークは蒼《あお》い瞳に冷たい輝きを宿しながら宣言した。

「血の誓約はなされた。〝黒蠅《スカニゲルム》〟の一族に邪悪なる祝福を……」

ハルヴァーも唇についた血をペロリと舐め取って、妖艶な声音で宣言する。

「あはぁ、兄様《にいさま》が……、地下帝国がある限り、そしてキミ達が忠誠を誓い続ける限り、一族の繁栄を保証しよう！」

「父ルガルを筆頭に、我ら〝黒蠅《スカニゲルム》〟の一族、今後も変わらぬ忠誠を誓います」

その誓いを、アルアークは受け取った。

「よかろう。ではこれより、汝《なんじ》らは私の花嫁だ」

そう言って、彼女達に新たな名を与える。

「これより〝黒蠅の花嫁《スカニゲルム・ヌプタス》〟として、仕えるがよい」

「新しき名、ありがたく頂戴《ちょうだい》いたします」

娘達は喜びを噛みしめながら頭を下げた。

血を交《まじ》わらせる婚礼の儀式は終わった。

次は、花嫁としての役割を果たす必要がある。

「ではさっそく、務めを果たしてほしい」

「なんなりと」

黄金の髪を持つ美丈夫《びじょうふ》は重々しく告げ、〝黒蠅の花嫁《スカニゲルム・ヌプタス》〟は嬉々《きき》として主命を待つ。

何をすればいいのかは、妹であるハルヴァーが答えた。

彼女は兄の手の傷口を舐め終え、説明を始める。

「『地下迷宮の書』が奪われ、兄様《にいさま》の力は大きく落ちている」

それは、次のような理由からであった。

まず地下迷宮には重要な心臓部ともいえる「迷宮核《ダンジョン・コア》」がある。

次いで重要な五つの秘宝「地下迷宮の書」「魔杯《まはい》」「災厄の鍵《かぎ》」「魔法帝国の王錫《おうしゃく》」「挑戦者の証」が存在する。

それらは、アルアークとハルヴァーの力の源にして、彼らがその身に魔法帝国の魂を繋ぎ止めるための秘宝なのだ。

同時に、不死身の彼らにとって唯一の弱点でもあった。

言うなれば、「迷宮核《ダンジョン・コア》」は彼らの命そのものであり、五つの秘宝は手足に等しい。そして、地下迷宮内に溢れる大量の金銀財宝は血である。

したがって、その一つが地下迷宮の外に運び出されると、その時点で、彼らの力は大きく減衰《げんすい》してしまうのである。

少し前、地下迷宮に侵入した謎の女盗賊モニカによって、「地下迷宮の書」が奪われた。その後、一緒に行動していた勇者カイルを仲間に引き入れ脳内を探ったが、見たこともない術で勇者の記憶は改竄《かいざん》されており、秘宝の行方はようとして知れなかった。そのため、アルアークとハルヴァーはモニカの存在すら知らずにいる。

しかし、モニカの存在はわからずとも、誰かが「地下迷宮の書」を奪ったことは間違いない。そのため今は、著しく低下したアルアークの体力を回復し地下迷宮の防御を固めなくてはならない。

ところで、この理屈からすれば不思議な話だが、アルアークと一心同体であるはずのハルヴァーの体力は消耗していない。

それは、この兄妹が地下迷宮の創造時に自らの肉体と精神に施した特殊な絡繰《からく》りによるものである。秘宝が奪われた際に生じるダメージや傷は、すべて兄のアルアークが被《こうむ》るようにしておいたのである。

「迷宮核《ダンジョン・コア》」が運び出されたり、あるいは山のような財宝が根こそぎ奪われたりしない限り、ハルヴァーが傷を負うことはない。

なぜ、そのような措置を施したのか？

その一番大きな理由は、地下迷宮で最強を誇るハルヴァーが常に万全の状態で動けるようにしておくためである。

「兄様《にいさま》に『魂』を捧げて……。ああ、勘違いしないでね。死ねって言う訳じゃない。少し疲れるかもしれないけど、大丈夫」

ハルヴァーは邪悪な笑みを浮かべた。

普通の人間ならば恐れ慄《おのの》くだろうが、〝黒蠅の花嫁《スカニゲルム・ヌプタス》〟達は至って平然としていた。それどころか「具体的には、どうすればいいのでしょうか？」と自ら率先して問いかける。そこには恐怖も不安もない。

その琥珀色の瞳に映るのは、支配者に対する狂信と忠誠の色だけだ。

もう少し詳しく説明しようとするハルヴァーを、アルアークは手で制する。

そして、冷たい笑みを浮かべると、「来い」と命じ、〝黒蠅の花嫁《スカニゲルム・ヌプタス》〟の一人を抱き寄せた。

「口で説明するより、この方が速い」

言われるまま体を預ける花嫁の首筋に――アルアークは吸血鬼が血を吸うかのように噛みついた。

突然の凶行を受けながらも、花嫁は痛みの声を漏らす代わりに「ああぁ！」と快感に痺《しび》れる声を上げた。全身が凍るような冷たさに襲われつつも、内側からは灼熱《しゃくねつ》の炎に燃やされるような熱さが広がるという、相反する感覚に貫かれる。それは、目から涙が溢れ出るほどの想像を絶する快楽である。

そんな心を溶かす快楽から逃げようとする者などいない。

恍惚《こうこつ》の表情を浮かべ、花嫁は自らアルアークの肩に手を回す。

「ここまでだ」

アルアークは娘の首筋から口を離す。

噛み痕からわずかに血が流れているが、それほどひどい傷ではない。

「あと何度か繰り返す。しばらく休め」

〝黒蠅の花嫁《スカニゲルム・ヌプタス》〟は蕩《とろ》けるような顔つきのまま、よろよろと後退する。

そして、すぐに代わりの花嫁がアルアークの前に立ち、期待に目を輝かせて首筋を晒《さら》し主人の抱《ほう》擁《よう》を待つ。

――魂の蒐集《しゅうしゅう》。

吸血鬼が乙女《おとめ》の生血を力とするように、アルアークとハルヴァーは人の魂を力の源としている。

地下迷宮の化身である彼らが魂を手に入れる方法は様々だ。地下迷宮の中ならば、侵入者が魔物に殺された時や致死性《ちしせい》の罠で止《とど》めを刺された時、あるいは空腹で行き倒れた時などに手に入る。外であれば、眷属《けんぞく》に与えた機能で奪い取れる。

そして今回の場合のように、自らの意志で魂を差し出す従僕《じゅうぼく》から受け取る場合もある。

このように地下迷宮の支配者達は魂を蒐集する一方、その魂を消費しながら金銀財宝を生み出し、神にも等しい力を行使しているのだ。

ところが、魂の管理に必要な秘宝の一つを何者かによって奪われてしまったため、地下迷宮の一部の機能に狂いが出ている。急ぎ修復する必要があった。

そこで呼び寄せられたのが〝黒蠅の花嫁《スカニゲルム・ヌプタス》〟達である。

アルアークは自分を愛する女達を魂の通行口にする「愛欲の聖餐《せいさん》」という権能を有している。

これを行使すれば、眷属を派遣する必要なし——地上で失われた魂を集めて取り入れることができる。

現在、シアの他に、聖王国の騎士であったソフィと元勇者のカイルが眷属となっているが、ベティア帝国を相手にした時と同じように地上に送り出すことはできない。

なぜなら眷属である彼らが敗れてしまえば、アルアークだけでなく、ハルヴァーも秘宝が奪われた時と同様のダメージを受けてしまうからだ。

秘宝を奪った者が何者なのかわからないのに、彼らを外に出すのはリスクが大きすぎる。

そこで、「愛欲の聖餐」の出番となるわけだが、当然デメリットもあった。

まず、魂の通行口となる女達は極度に疲労する。

普通の娘ならばすぐさまミイラと化してしまうだろう。

その点、〝黒蠅《スカニゲルム》〟の娘達は美しいだけでなく、優秀な暗殺者たるべく厳しい訓練で強靭な肉体を作り上げている。

そのため、アルアークの死の抱擁を受けても即死することはない。もちろん、殺さないように手加減しなければならないが、アルアークは、そのあたりの力加減は心得ている。

少なくとも、妹よりは。

復讐のためならば、自分を慕《した》う者を死地に向かわせる冷酷さはある。

だが、無意味に同胞を殺《あや》めはしない。

娘達を抱擁する兄の姿を見つめながら、ハルヴァーは恭《うやうや》しく頭を下げた。

口元に浮かぶのはいつも通りの邪悪な笑み。

本格的に魂と生気を奪い取る様は、獣が交わるような激しいものである。

「それじゃあ兄様《にいさま》、今しばらくご休息を……、後は私がやっておくね」

「任せた」

考え方は多少異なる兄妹だが、目的は共通している。

すべては復讐のために。

聖王国を支えるすべてを壊す。

そのために、今はまだ力を蓄《たくわ》える。

地下迷宮を生み出すまでに五年もかけたのである。

あと少しくらい時間をかけても問題はない。

＊　＊　＊

地下第七階層、「王の間」の近くに配された会議室。

そこは気品をたたえた美しい造りで、数十人がゆったりと入れる広々とした空間である。だが、今この会議室にいるのは僅《わず》か三名にすぎなかった。

いずれもアルアークによって召喚された異界の騎士達だ。

第一に召喚された騎士は、堕落せし猟犬を従える審判《カーシエンペルディーシュオ》の騎士のテェルキス。

紺碧《こんぺき》の鎧兜を身に着けた、威風堂々《いふうどうどう》たる大柄の騎士である。その体躯《たいく》に相応しい大剣を手にしており、彼が動くたびに、ベルトから提《さ》がる首輪付きの鎖《くさり》がジャラリと音を立てた。

次に、勇者カイルとの戦いで召喚された騎士が二名。

盲目の人形を従える刑罰《カーパルペティアジーム》の騎士、ジャディア。

真紅《しんく》の鎧兜に鳥を模した黄金の仮面で顔を隠した、少年のように小柄な騎士である。手にした短剣をくるくると回しており、イヤリングのように耳に着けた鈴がチィリーンと透明な音色《ねいろ》を奏《かな》でる。

さらに無尽なる数の蟲を従える飢饉《カーイルクメイジス》の騎士、ストルニトス。

錆びついた深緑の鎧兜と暗い紫色のマントに身を包んだ巨漢で、三人の中で最も体格が大きい。

丸太のように太く凶悪な棍棒を手にしており、体を動かすたびにギィイイと錆びついた鎧の音を響かせている。

彼らは終末と呼ばれる世界に属する騎士であり、アルアークの召喚魔法により呼び出された存在だった。

一騎当千《いっきとうせん》の力を持つ強者なのだが、異世界より召喚された身であるため、この世界に留まるには絶えず魔力を召喚者により供給され続けなければならない。もしも召喚者との繋がりを断ち切られたら、この世界から放逐《ほうちく》されてしまう。

それが彼らの弱点である。

とはいえ、アルアークの召喚魔法を打ち破れる魔法や奇跡の使い手はそう多くはない。

『以上が、陛下からの伝言だ』

新たに呼び出された二人の騎士に、テェルキスは今後の方針を聞き取りにくい濁声《だみごえ》で告げた。

「なるほど、我らが主の望みはわかったよ。ボクらに軍を率いろって言うんだね？」

鳥顔《リドット》の仮面を着けた真紅の騎士ジャディアが、少年のような外見に見合った軽い口調で言う。

彼が派手なオレンジ色のマントを翻《ひるがえ》すと、チィリーンと鈴のような音が響き渡る。

体を動かすたびに音を出すのは、終末の騎士の種族としての特徴なのだ。

テェルキスもストルニトスも例外ではない。

その他にも、終末の騎士達に共通するものはいくつかあった。

それは騎士としての誇りが歪《ゆが》んでいること、捕虜を束縛《そくばく》すること、などである。

異界の住人でありながら、彼らなりに自らの能力を誇るように演出に気を遣っているらしい。

「シカシ、難シイナ」

巨漢の騎士ストルニトスの声は、聞く者を不快にさせる。

『ああ、しかし、難しい仕事を命じられるというのは、期待されている証拠でもある』

濁声で呟いたのは、テェルキスだ。

他の二騎士もコクリと頷く。

個による武力ではなく、兵を率いて敵を制圧せよ。

テェルキス達はすでに個々の実力を十分に示した、今度は将としての実力を見せろ、というのがアルアークの命である。

今現在、地下迷宮の外で万の軍勢を率いることができるのは、プルックだけだった。

「強制進化の祭壇」で新たなゴブリンの王《ゴブリン・ロード》を生み出そうとしても、上手くいかなかったのだ。

それは、ゴブリンの個体ごとに経験や資質が異なるためと考えられている。

不死者やゴブリンといった兵の数が増えてきた今、地下迷宮の支配者としては、彼らを統率し運用できる将軍が一人でも多く欲しいところなのだろう。

つまり、アルアークは終末の騎士達をゴブリン達の見本としようというわけだ。

三騎士は、召喚者であるアルアークの邪悪な波動に心酔《しんすい》しているため、その望みに全力で応える気になっていた。

「デ、率イルノハ？」

ストルニトスが不快な声で尋ねた。

終末の騎士は存在するだけで周囲に恐怖を振り撒《ま》く。そのため、臆病なゴブリン達を操るには適任ではない。もちろん、主が命じるのならば無理を押し通す心づもりではある。しかし、アルアークは配下の特性もきちんと把握していた。

『不死者だ』

テェルキスが答えた。

先の戦いで、プルック率いる妖魔軍は大勝し、その際の死体はほとんど回収している。

その後、地下迷宮の支配者に仕える悪魔達が死霊魔術を駆使し、それらの死体に偽《いつわ》りの命を吹き込んだのである。

負なる力により動く腐乱死体《ゾンビ》、白骨化した骸骨兵《スケルトン》などに加えて、黄色い霊質《れいしつ》を纏《まと》わせた死霊騎士《ワイト》、怨念《おんねん》により巨大化した死せる巨人《レブナント》などが生み出されており、その数は今なお増え続けている。

『不死者の群《む》れを率い、我々はベティア帝国を攻める』

「フム」

「異論はないけど……、ロナン王国はどうするの？」

フェーリアン王国の北に位置する二つの大国。

北東にあるベティア帝国。

北西のロナン王国。

どちらも魔法帝国を滅ぼすのに力を貸した仇敵《きゅうてき》であり、アルアークとハルヴァーが滅ぼすと誓った国々である。

『そちらには、妖魔達が当たる』

テェルキスの濁声が響く。

「妖魔！　あんな弱い奴らで大丈夫？」

ジャディアはまるで劇場の役者のように、大げさな身振りで言う。

「スデニ戦ッテ、勝利シテイルト聞ク」

鎧を不快に軋ませながら、ストルニトスは呟いた。

『ハルヴァー様がお決めになったことだ、我らは従うのみ』

本来ならば、自分達だけで二国を相手取りたかったのだが、アルアークから全権を託《たく》された妹君の命令とあれば従うしかない。

「まあ失敗したら、僕らが代わりにやればいいいか」

「ソノ通リダ」

『……』

終末と呼ばれる世界から顕現《けんげん》した彼らだが、この世界に呼ばれて受肉《じゅにく》する時、召喚者を通してある程度の知識を与えられている。

だから、ゴブリンやオークと自分達との力量もよく知っていた。

彼らからすれば、人間も妖魔も羽虫程度の強さなのだ。

そのため、どうしても相手を過小評価してしまうが、テェルキスは違う。

アルアークの呪法により、本来の種から格上げされた妖魔達の存在を認めていた。自分達に敵うとは思っていないが、決して低くも見ていない。

『我らの目的はベティア帝国だ。ゆっくりと、押しつぶすように進撃する』

その声には、どこか陶酔《とうすい》するような響きがあった。

地下帝国の主であるアルアークとハルヴァーは、一息に敵国を滅ぼして終わらせる気はない。

それで気が済むのならば、とうの昔に実行している。

彼らは敵国に苦しんでほしいのだ。

魔法帝国を滅ぼした国々に恐怖と混乱を味わわせたいのである。

まずは不死者が恐怖を与え、妖魔が混乱を及ぼし、既存《きそん》の秩序を瓦解《がかい》させる。

そしてすべてを復讐の劫火《ごうか》で焼き尽くした後、聖王国が望まぬ新しい秩序を打ち立てる。

『すべては、アルアーク様とハルヴァー様の為に』

テェルキスはそう呟く。

同意するかのように、他の二人も首を縦に振る。

邪悪なる支配者に従う地下帝国の騎士――、彼らは主が望むのならば、弱者も強者も関係なく、薙《な》ぎ払うだろう。

それは別に、彼らだけが特別なわけではない。

この地下迷宮において、アルアークとハルヴァーに奉仕することは当たり前なのである。

＊＊＊

「ギィース。シア様、何しているんだ？」

小悪魔のギーは翼をパタパタと動かしながら、実験室で薬品の調合をしている少女に問いかけた。

翼の生えた不細工な猫のような姿をしているが、彼の正体は至高階級悪魔《アーク・デーモン》である。シアはこのギーと魂レベルで融合を果たしており、ギーが悪魔として有する数々の権能を自在に操ることが可能だった。

シアと呼ばれた少女は、どんよりとした金色の瞳に深い闇を宿したまま、使い魔に答える。

「新薬の開発」

「薬？　誰か、病気にでもなったのか？」

「正確には、薬と毒」

シアは口元に笑みを浮かべ、机の上に置かれたジャガイモに液体を垂らす。

すると即座に、ジャガイモに黒いイボのようなものが生じた。

続けて、麦に液体を垂らすと、黒い爪にも似たものが現れる。

「ギー、知っている？　貴族達の収入、そのほとんどは農民達が納める作物で成り立っている」

国家権力は常に民に税をかける。国を運営するために必要だとされているが、実際は権力者は私腹を肥やしていることが多い。

都市から離れた農村部の民はほとんど金銭を所持していない。よって、麦やジャガイモ、カボチャ、トウモロコシ、キャベツ、ニンジン、トマト、リンゴ、ブドウなどの農産物を税金の代わりにするのだ。

貴族は税として受け取った作物を商人との取引で金銭に交換したり、軍人の糧食《りょうしょく》とする。当然、量が多ければ多いほど実入りがよいので、貴族達は農民の限界ギリギリまで取り立てる。

「アルアーク様とハルヴァー様は、彼らの不平不満を煽《あお》るつもりよ」

シアは別の薬をジャガイモに振りかけた。

すると、黒いイボはかさぶたのようになってポロリと落ちる。

さらに麦にかければ、黒い爪がポキリと折れてしまう。

「シア様、ひょっとして、その薬は……」

小悪魔が答える前に、少女は言った。

「作物を毒物に変える薬よ」

「ギィース！」

小悪魔は驚いたように尻尾をビーンと伸ばすと、楽しむような声を出す。

そんな使い魔に、シアは「うるさい」と言って、新薬をサッとふりかけた。

「ギャァース‼」

毒がかかったと思ったギーは悲鳴を上げ、目を回して床に落ちる。

本来は大悪魔だが、今は小悪魔である。

そのため、毒物への耐性は人間と同じくらい低くなっている。

ところが、ギーの体が変化する兆《きざ》しはない。

「あ、あれ？」

体を起こして、手を握りしめる小悪魔にシアは淡々と語る。

「聖神……、いや、聖神教会を盲目的に信じていない者には、ただの水よ」

聖神教会の司祭が使う奇跡の中には、「不死者退散《ターン・アンデッド》」や「悪魔払い《エクソシズム》」など、不死者や悪魔にしか効果のない技がある。

シアが今作っている薬は、その奇跡を真似てさらに発展させたものである。

人間、それも限られた者達のみに発動する呪いの薬であり、それと同時に作物の収穫量を何倍にも増やすことができる奇跡の妙薬だった。

「聖神教と生活。人はどちらを取ると思う？」

「ギィース、難しい問題だぜ～。聖神教への信仰は、生まれた時から叩き込まれてやがるからなぁ～。生まれたばかりの雛《ひな》が、親鳥を盲目的に追いかけているようなものだぜ」

小悪魔の説明に、少女は的確な言葉で返す。

「刷り込み《インプリンティング》」

「そうそう、それだよ！　シア様だって、アルアーク様とハルヴァー様を裏切るくらいだったら、飢え死にを選ぶだろ？」

「もちろん」

少女は迷わず答えた。

「だったら、無駄なようにも思うんだけどなぁ～」

小悪魔は嘆息《たんそく》する。

しかし、シアは首を横に振って否定した。

「自ら選択して従っている私達と、従わされている彼らとじゃ……、覚悟が違う」

薬を扱う手を休めず、シアはどんよりとした目を光らせる。

「彼らは絶対に飢えには勝てない。飢えて死ぬくらいなら、聖神教を捨てる」

断言する少女に対して、小悪魔は首をかしげた。

「そう上手くいくものかね？」

「もちろん、下準備は必要。それと、聖神教を捨てた後の受け皿も必要」

「受け皿？」

「別の信仰」

聖神教に代わる心の支えを与えてやるのである。

シアのように、アルアークとハルヴァーを新たな神として崇拝《すうはい》させればよい。信仰に破れた者は、新たな信仰を得ることで精神を保とうとするものだ。これはすでに、バクツ兜の騎士ソフィで実験済みである。

ソフィの聖王国への忠誠を根こそぎ奪ったら、アルアークとハルヴァーを崇拝するようになった。

シアはこれと同じようなことを地上で実行しようと企んでいる。地下帝国の洗脳設備は使えないが、その代わりに堕落した聖神教の司祭デリトと堕《お》ちた勇者カイルがいる。彼らの助力を得れば、意志の弱い農民達を仲間に引き入れるのは不可能ではない。

「妖魔だけではなく、人間も取り込む。アルアーク様とハルヴァー様の祖国を滅ぼした国々の民を奪い取る」

「なるほど……、けど、そいつらをどうするんだ？」

「当然、戦わせる」

アルアークと同じように、シアは冷たい声で言った。

「血の代価を払ってこそ、地下帝国の民として認められる。死んだとしても、その魂はアルアーク様とハルヴァー様への供物《くもつ》となる」

楽しそうに語る少女の言葉に、小悪魔はゾクリと背筋を震わせる。

小悪魔が感じたのは、恐怖ではなく歓喜である。

敵対者を人とは思わない言葉。

闘争を楽しむような瞳の輝き。

一片の曇りもない真っ黒な忠誠心。

悪魔を魅了してやまない邪悪な輝きに、ギーは喜びを抑えながら、少女に問う。

「けど、農民どもは戦えないんじゃねェか？」

「戦えるわ。私達が戦うための武器をあげるから」

——魔法帝国の遺産。

普通の武器の扱いが苦手であった魔法使い達は、その欠点を補うために特別な魔法の武器を生み出した。ひとりでに戦う剣や槍、自動で身を守る盾、思うだけで好きなように動く全身鎧などである。魔法帝国が存在した時は付与魔術師《エンチャンター》や錬金術師《アルケミスト》が少しばかり保持していた魔法の道具であったが、今現在、地下工房で量産を開始している。

「そんなもの渡して、こっちに刃を向けてきたらどうするんだ？」

小悪魔の懸念に、シアはくすりと笑う。

「安全装置くらいつけている」

生み出された武具すべてには、ある種の呪いが仕込まれている。

もしも地下帝国に刃を向けるなら、彼らは自分で自分の首を絞《し》めることになるだろう。

「すべては、アルアーク様とハルヴァー様のお考えよ。あの方々は王族だけど、農民達の残酷さも良く知っている」

農民は弱者だが、決して心優しい存在ではない。

弱いからこそ、むしろ自分より弱い者には残酷になるのだ。

「優しさは、強くなることでしか手に入れることはできない」

シアはそう断言する。

何故なら、弱かった両親は自分を捨て、山賊はシアに暴行をはたらくことで自分の弱さを隠していた。シアはそう考えている。

そして、誰よりも強いアルアークとハルヴァーの、夜の闇のように深い優しさに触れた瞬間、「強さこそ優しさの源泉である」と悟ったのである。

「ギィース、ならシア様も優しいってことだな！　優しい御主人様は献身的な使い魔である俺に、お菓子の一つもくれて良いと思うぜ！」

「優しいけど、甘くはない」

シアは使い魔を窘《たしな》める。

「アルアーク様とハルヴァー様、喜んでくれるかな？」

薬を調合しながら、少女は呟いた。

シアの望みは純粋である。

恩人である地下迷宮の支配者達の役に立ちたい。そのためなら、残酷なことに手を染めるのもいとわない。その思いは一般的な倫理観からはかけはなれたものだ。傷を癒す時に使われた秘術が闇に近いものだったからか、あるいは今まで人から与えられた悪意がシアの心を穢《けが》してしまったのかもしれない。

ただ、一つ言えるのは、今のシアにとっての幸せとは主人の役に立つということなのである。

「ギィース！　そういえば、シア様の『優しさ』で助けた奴隷《どれい》どもは？」

使い魔のギーは、思い出したように問いかけた。

ベティア帝国との戦いにて、シアはギーとの融合によって得た権能を使い、多くの少女を助けている。命を助けただけでなく、地下迷宮の支配者達に頼み、悪魔の力を与えていた。自分と同じような地獄を見た少女達に、同情したのかもしれない。

「あの少女達はもう奴隷じゃない。今は私と同じ、地下帝国の兵士」

どんよりとした瞳を輝かせながら、シアは嬉しそうに語る。

「アルアーク様とハルヴァー様は、私達を中心とした悪魔軍の設立を考えていらっしゃる。……プルックさんが率いる妖魔軍に加えて、テェルキスさん達が率いる不死軍が誕生しているから、そこに新たに悪魔軍が創設されたなら……、地下帝国には三つ目の軍団《レギオン》が誕生することになる」

「ギィース！　だけど、少し前まで戦いも知らない奴隷だったんだぜ？　オレ様みたいな超上級の悪魔が憑《つ》いているならともかく、中級クラスの悪魔と一体化した程度じゃ、戦力になるかは怪しいぜ！」

ギーの懸念はもっともだ。

悪魔は単体で小隊に匹敵する実力を持っているが、それを操るのはいずれも年若い少女達なのである。

だから、ギーは、彼女達を戦力と考えていいのかと問いかけている。

しかしシアは、机の上に置かれた水晶玉を眺めつつ、こう言った。

「ギー、これを見て」

シアは水晶玉に秘められた魔力を解放する。

映し出されたのは、悪魔の力を宿した少女達と、地下迷宮を訪れた冒険者達が戦っている映像である。

戦いを見つめるシアの瞳の色は、どんな光も届かない川底の汚泥《おでい》に埋もれた黄金のようである。

それは、闇の中で輝く光。

邪悪な者達が崇拝する、邪悪な希望の光であった。

主人の視線の先にある光景に興味を惹《ひ》かれて、ギーも水晶玉を覗き込んだ。

＊　＊　＊

地下迷宮の第二階層——地下迷路とも言われる複雑に入り組んだ通路の一角。

ロナン王国に属する冒険者チーム「真実の探求団」は、そこでミノタウロスに遭遇《そうぐう》した。

ミノタウロスは、人間の体に雄牛の頭を持つ妖魔である、背が高く筋骨隆々《きんこつりゅうりゅう》とした全身は茶色の毛皮に覆われている。

斧を好んで使う生粋《きっすい》の戦闘種族であり、縄張り意識が強い。

一対一では並の人間が勝てる相手ではないが、集団で当たれば倒せない敵ではない。

冒険者チームは、敵に気付かれる前に先制攻撃を仕掛けた。

まずは、魔法使いが呪文を唱える。

「——攻撃《アタック》、炎の波《ジュフレイ》」

床と壁を舐めつくす火焔《かえん》が現れ、巨大な妖魔に纏《まと》わりついた。

突然の奇襲に混乱するミノタウロスに、冒険者達は一斉に襲い掛かる。

「化け物め、死ね！」

「聖神の為に！」

「この卑《いや》しい生き物が！」

冒険者チームの戦士達は口々に罵《ののし》り、ミノタウロスに剣を振るう。

ミノタウロスは斧を振り回して反撃するが、多勢に無勢。

冒険者達の猛攻《もうこう》に、ミノタウロスは力尽きてしまう。

「ブモォォオオオーーー！！！！」

牛のような鳴き声を上げて、ミノタウロスは地面に倒れた。

冒険者達はそれでも攻撃をやめない。

何度も何度も、繰り返し剣を突き立てる。

ミノタウロスの体がピクリとも動かなくなるまでズタズタに切り裂いた後、首を落としてその持ち物を漁《あさ》った。

「お、銀貨を持っていやがったぜ！　けど、なんだか不気味な銀貨だな？」

銀貨の真ん中に描かれた涙を流す目のデザインを見て、戦士の一人が呟く。

「どれどれ？　ふむ、どうやら魔法帝国で使われていた銀貨のようですね」

物知りの魔法使いがそう教えた。

歳は一番若いが、彼が一番の知恵者である。

「あの邪悪な帝国か……」

聖神教に仕える中年の僧侶は苦々しく顔を歪めた。

「おお、別にお主のことを悪く言っているわけではないぞ」

僧侶は魔法使いの肩をポンと叩く。

親子ほど年が離れているが、彼らの立場は対等である。

冒険者チーム「真実の探求団」は七人。その内訳は、戦士が二人、神官戦士が一人、僧侶が一人、盗賊が二人、魔法使いが一人だった。

冒険者としての実力はそれなりで、地下第二階層を探索する程度の実力はある。

ちなみに、先ほど倒されたミノタウロスは新参者であった。

現在、ゴブリンやオーク、ミノタウロスを始め、ラミアやスキュラ、ライカンスロープ、トロール、オーガなど、聖神教会から邪悪とされ迫害されてきた妖魔達が、地下帝国の軍に加わりたいと各地から続々と集まってきているのだ。

兵士に志願する妖魔達が殺到したため、ハルヴァーは「冒険者を狩った者を正規軍に迎える」と条件を出した。

先のミノタウロスも、正規軍入りを目指して冒険者チームに挑んだのである。

しかし今回は、狩る者が逆に狩られてしまった構図だった。

「それにしても、この地下迷宮は瘴気《しょうき》が濃い。これは、依頼人の言っていた通り、何か邪悪なものが潜んでいるのやもしれぬな」

中年僧侶は忌々《いまいま》しそうに眉を顰《ひそ》めた。

ほとんどの冒険者は、一攫千金《いっかくせんきん》を狙って自らの意思で地下迷宮を訪れている。

先に起きたベティア帝国軍と妖魔軍の戦いと、地下迷宮の存在を関連付けて考えている冒険者は皆無といっていい。

単純に、どこかに雲隠れしていた妖魔達が、ベティア帝国に戦いを挑んできた、というのが冒険者達の推測だった。地下迷宮の妖魔は、その一部と高を括《くく》っている。

しかし、諸国の権力者達は、地下迷宮の噂を聞きつけ、不穏なものを感じたのだろう。

一部の者達は冒険者達を雇い、地下迷宮を偵察《ていさつ》するように命じていた。「真実の探求団」は、ロナン王国の貴族に雇われて、地下迷宮の探索を命じられたのである。

これもすべて、アルアークとハルヴァーの狙い通りである。

権力者が一番恐れるのは、自らの地位を脅かす存在。

邪悪にして悪辣なる地下迷宮が持つ「悪なる種子」と呼ばれる力によって権力者達の不安と恐怖は増幅《ぞうふく》される。その不安を取り除こうと、彼らは地下迷宮に人を送るのである。

「まあ全員、怪我がなくて何よりです。それにしても、この程度の妖魔達が、あのベティア帝国軍を打ち破ったとは信じられませんね」

チームリーダーである女の神官戦士が言った。

「今回は一体だけだから、上手く倒せたんだろ。見ろよ、この斧……、俺の力じゃ持てんな。想像してみろ、こんな馬鹿でかい斧を構えた奴らが群れで襲い掛かってきたら、ひとたまりもないぞ」

力自慢の戦士でも、ミノタウロスが持っていた大斧を振り回すことはできない。ミノタウロスに冒険者チームが勝てたのは、彼らが集団として巧みに機能したからである。

「なるほど、では気を引き締めて……、皆さん先に進んでもいいですか？」

女神官戦士がそう問いかける。

全員が頷くのを見て、彼らは地下迷宮の探索を進めようとした。

そこに、新たな脅威が立ちふさがった。

硬い金属が引きずられるような音が辺りに響き渡る。

「何か近づいてくるぞ！」

チームメンバーの一人である盗賊が警告の叫びを上げ、全員で即座に円陣を組んだ。

地下迷宮では、ありとあらゆる場面で警戒しなくてはならない。

足元から巨大な芋虫のような化け物ワームが突然現れることもあるし、天井から酸性のスライムが落ちてくることもある。

もちろん、化け物だけではない。

壁に仕掛けられた火炎を噴射する罠《フレイム・ブラスター》や、真正面から斜面を転がってくる大岩《ローリングストーン》などのトラップも存在する。

チーム一同は警戒を強めたが、近づいてくる者達の姿を見ると、困惑に変わった。

現れたのは、三人の年端もいかぬ少女達だったからである。

全員、巨大な大剣を重そうに引きずっており、蒼白い色の騎士甲冑を身に着け、武器を携えていた。

年ごろは同じようだが、その髪色も、肌色も、瞳の色も、三人三様だった。

「何者だ！」

聖神教の聖印を掲げて、神官戦士は詰問《きつもん》する。

この地下迷宮にいるという時点で、迷子の可能性はありえない。

「私達は〝悪魔《マレブランケ》を宿した者〟」

「アルアーク様とハルヴァー様から祝福を受け、生を繋ぐために悪魔と交わった者」

「地下帝国の新たなる軍に参集した者」

純粋な子供のように瞳を輝かせて、少女達は自己紹介する。

女神官戦士は思わず、自分の武器である聖別されたメイスを握りしめた。

「悪魔と交わったと言ったな！　それだけでも万死《ばんし》に値する罪悪！　だが、まだ幼く道理のわからぬ子供のことだ。聖神の慈悲《じひ》にすがり、悪魔と手を切ると誓うのならば、見逃してやる」

「甘いぞ！　悪魔と交わる者は徹底的に断罪するべきだ！」

中年の僧侶はそう叫ぶが、女神官戦士は口を噤《つぐ》んでいる。

中年僧侶も女神官戦士も聖神に仕える身であるが、考え方は人それぞれだ。

邪悪にして悪辣なる地下迷宮にも、聖神に仕える司祭が僅かながらいる。アルアークとハルヴァーは聖神を崇《あが》める聖王国と聖神教会に敵対しているが、聖神を信仰しているというだけの理由で民を罰することはない。

地下迷宮の支配者達が敵意を向けるのは、祖国を滅ぼした人間達であり、それを主導した聖王国や聖神教会の指導者達である。

そのため、シアが作っている妙薬の効果範囲は聖神教会に深く関わる者のみになっている。これは聖神教会とは無関係に、聖神を信仰している者達を殺さぬするようにするための措置である。

狙うのは、あくまでも聖神の教えを私物化している聖神教会と教会に心酔する盲目的な信徒のみ。

「断ったら？」

「聖神に代わり、天罰を与える」

少女の問いかけに、きっぱりと言い切る女神官戦士。後ろに控える仲間達も同意するかのように武器を構える。

女神官戦士はロナン王国に属する冒険者であるが、同時に聖神教会の信徒でもある。

聖王国に隣接するロナン王国には、こうした信徒が多い。

冒険者チームは敵意を露《あら》わにしたが、〝悪魔《マレ》を宿《ブランケ》した者〟と名乗る少女らは涼しい顔で見返している。

「私達が生きるには、世界は綺麗すぎる」

「だから穢そう」

「私達が生きられる世界に変えてしまおう」

少女らのそんな言葉に業《ごう》を煮やしたのか、女神官戦士は魔法使いに攻撃の指示を出した。

「――攻撃《アタック》、炎の槍《ヴェフレイ》」

魔法使いが呪文を唱えると、燃え盛《さか》る炎の槍が少女達に向かって一直線に突き進む。

が、先程まで大剣を重そうに引きずっていたのは演技だったのか、先頭の少女は軽々と大剣を一振りして、炎の槍を断ち切ってしまう。

冒険者チームはさすがに驚きを隠せないものの、すぐさま迎撃の構えをとる。

対して、少女達は重々しい甲冑などまるで重さがないように身を滑《すべ》らせながら、床や壁を蹴って、冒険者達に殺到する。轟音と共に大剣が振るわれ、前衛を務めるリーダーの女神官戦士と、二人の戦士が、木の葉のように吹き飛ばされた。そのまま壁に叩き付けられて動かなくなる。

ミノタウロスとも互角に戦った神官と戦士が赤子の手を捻るように蹴散らされるのを見て、残された者達は呆然とその場に立ち尽くした。しかしただ一人、奇跡を行使するために集中していた中年僧侶だけは、手を止めることなく己の責務を果たす。

「――守護《ディフェンド》、聖なる守り《フェイネーツ》」

うっすらと白い光が全員の体を包み込む。

だがその光が、強靭な戦士達を一撃で吹き飛ばした少女らに、どれほどの防御力を発揮するかは不明である。

「選択」

少女の一人が呟いた。

「負けを覚悟で、このまま戦う」

「敗北を認めて投降《とうこう》する」

「仲間を見捨てて逃げる」

歌うように少女達が問いかける。

単純に、この危機的状況で敵がどのような判断を下すのか知りたいらしい。先程のミノタウロスと同じ目に遭《あ》わされるかもしれないと感じ、冒険者達は戦慄《せんりつ》する。

四人のうち、盗賊の女と魔法使いの二人は慌てて逃げ出した。

もう一人の盗賊は、降参とばかりに武器を捨てる。

しかし、最後の一人である中年僧侶は、腰のベルトにぶら下げたメイスを手にもって、果敢《かかん》にも少女達の前に立ちはだかった。

「悪魔に魅入《みい》られし者よ！　我が信仰を見るがいい。たとえここで命が果てるとしても、我は邪悪なる存在に徹底的に抗《あらが》うぞ！」

僧侶はあくまで自分の信仰に殉《じゅん》じるつもりらしい。

対して、盗賊の男は怯《おび》えた声で命乞《ご》いをする。

「おいおい、死ぬなら一人で死んでくれ。どう考えても勝ち目はねェだろ。俺は降参する。何でもするから、命だけは助けてくれ」

それぞれの答えを聞き、少女三人は再び歌うように語る。

「覚悟を決めし者には速《すみ》やかなる死を……」

「膝を折る者には慈悲を……」

「同胞を見捨てる者には、我らが主の審判《しんぱん》を……」

その言葉に応えるかのように、中年の僧侶は抜いたメイスを高々と掲げ奇跡を行使した。

「――攻撃《アタック》、信仰《ブレイグリウス》こそ我が刃」

すると、邪悪を滅する光刃《こうじん》が出現し凄まじい速度で回転しながら、少女達に襲い掛かる。

壁といわず床といわず、天井まで切り裂きながら迫り来る刃に対して、悪魔をその身に宿した少女達は、持てる力を解放した。

「――融合《フュージョン》、深淵に誘う誘惑者《アリキーノ》」

「――融合《フュージョン》、正義を踏みにじる者《カルカブリーナ》」

「――融合《フュージョン》、嘆きの声を集める者《グラッフィアカーネ》」

彼女達の体から、その鎧と同じような不気味な蒼い炎が吹き上がる。

同時に、僅かながらその姿かたちが変化した。

剣を携えていない左手は人ならざる凶悪な獣の手のように変形し、頭部には山羊《やぎ》の角《つの》のようなものが生えた。

「悪魔め！」

僧侶は叫び声を上げて聖なる刃を操り、悪魔と化した少女達の命を奪おうとする。

しかし、燃え盛る蒼い炎に刃が触れた瞬間、光の刀剣は一瞬で消滅してしまう。

「なっ！」

必殺の一撃を無力化されて、さすがの僧侶も隙を見せた。

「聖神に仕えるアナタ達は……」

「私達を救ってくれなかった……」

「「だから、私達を助けてくれたのは、シア様と地下帝国を統《す》べるお方……」」

「「私達はあの方々の恩に報《むく》いる」」

少女三人はそう嘆《なげ》くように叫びつつ、大剣を振るう。

僧侶は三方向から切り裂かれて絶命した。

「す、すげぇ……」

降参した盗賊は戦わなくて良かったと安堵《あんど》したが、少女達の投げる冷たい視線を感じて、慌てて命乞いに努めた。

「お、オレはアンタらがどんな奴でも気にしねぇ。悪魔だろうと、不死者だろうと、命を助けてくれるなら従うし、舐めろと言うなら靴の裏だって舐める」

プライドの欠片《かけら》もない台詞だが、盗賊である彼には元よりそんなものはない。

彼は人よりも少々手先が器用なだけの、もとは喰うに困って小さな盗みを働く程度の小悪党であった。そこを役人に捕まって、恩赦の代わりに「真実の探求団」に加わる裏取引をしただけである。

大事なのは生きること。

あとは、僅かな金と、腹が膨《ふく》れる程度の食事があれば満足なのだ。

少女達は蒼い炎を収めて言った。

「約束は守る。殺さない」

「靴の裏も舐めなくていい、気持ち悪い」

「代わりに手伝って」

何を手伝うかといえば、少女達が最初に倒した女神官戦士と二人の戦士を運ぶのだという。驚いたことに、死んだと思った彼らはまだ生きていた。

盗賊は慌てて、一番軽そうな女の神官戦士を肩に担ぐと、「これからどうするんだ？」と、恐る恐る尋ねた。

少女達はあっさりと答える。

「地下迷宮の第四階層、迷宮都市」

「人と魔が交わる場所」

「貴方にはそこで、しばらく働いてもらう」

盗賊は、こうなったらもう断ることはできないと諦めつつも、逃げた二人はどうなっただろうと頭を巡らせた。そして、彼らがどう頑張っても逃げ切ることはできないだろうという結論に達する。

自分の選択はやはり間違っていなかったと、無理矢理自らを納得させて、少女らの後に従った。

一方その頃、仲間を見捨てて逃げ出した二人の女盗賊と魔法使いはというと――。

彼らは地下迷宮の出口を目指して一目散に駆けていた。

地下迷宮を徘徊《はいかい》する妖魔が持っていた銀貨に、悪魔の力を宿した少女達の口上。

十分とは言えないが、雇い主であるロナン王国の貴族に情報提供できる。

少なくとも彼らに力を与えている者が存在するのは間違いない。

「一刻も早く伝えなきゃ」

女盗賊はそう呟いて、後ろをついてくる魔法使いを叱咤する。

「急ぎなさい！　さっき起きたことを、上手く報告すれば、私は貴族の従者《じゅうしゃ》になれるし、アンタは相談役の一人になれるわ」

彼女達は貧民街《スラム》出身の幼馴染だった。

ロナン王国は貧富の差が激しく、貧しい者達が住む貧民街は地下迷宮と同じように、いや、ある意味では地下迷宮以上に危険な場所である。彼女は身軽さを武器に、弟分である彼は知識を武器にこれまで共に生き抜いてきた。

「彼らをおいてきてしまって良かったんでしょうか？」

「アンタの魔法が通用しなかったし、戦士を一撃で倒す化け物よ。勝てるわけないし、降伏したって、助かる保証なんてないじゃない」

「それは……、そうだけど……」

魔法使いは後ろを振り返る。

リーダーの女神官戦士は貧民街出身の自分達に対しても、分け隔《へだ》てなく接してくれた。

二人の戦士達は、頼りになる兄貴分で一番年下の自分を色々気にかけてくれた。

盗賊はコソ泥ではあったが、まとまった金を手に入れたらまっとうな仕事をすると言っていた。

中年僧侶は聖神教に対する思いが強すぎるが、自分が聖神教を信仰していると言ったら熱心に神の教えを説いて、同志《ブラザー》と呼んでくれた。

彼らを見捨てて、地下迷宮を去ることに罪悪感を覚えてしまう。

「私とアンタは生き残る。何があっても！」

女盗賊は強い口調で言う。

貧民街時代から、彼女は姉貴分で頼りないところのある自分を助けてくれた。

彼女がいなければ、自分は生きてこられなかっただろう。

「……わかった」

魔法使いは後ろ髪を引かれながらも、女盗賊の言葉に頷く。

それに今さら戻っても、助けにはなれない。

「さあ、こっちよ」

魔法使いは女盗賊の後に続いた。

彼女は帰る時のためにつけていた目印を頼りに進んでいくが、途中で大部屋の中に複数の気配を感じて立ち止まる。この大部屋の中にはゴブリンの集団がいたが全滅させたはずだ。しかし、すぐに新しい兵士が補充されたようである。

気配を殺して、女盗賊は部屋の中を見る。

部屋の中には、朱《あか》い髪を生やした褐色肌のゴブリン達がいた。

レッドキャップと呼ばれるゴブリンの上位種である。地下帝国の力により生まれた彼らの戦闘能力はゴブリンとは比べ物にならないほど高く、熟練の戦士でも手を焼く相手だ。

彼女達はそのことは知らなかったが、それでも相手の動きからこの妖魔がゴブリンよりも危険な相手であることを理解した。

「別の道を行くわ」

小さな声で女盗賊は回り道を提案する。

地下迷宮の第二階層は迷路のような作りになっており様々なルートが存在するため、少し遠回りをしても戦闘は避けるべきだと判断したのである。

魔法使いが頷くと、彼らは大きく弧《こ》を描く回廊を進む。

壁には一定間隔《かんかく》で赤々と燃える松明《たいまつ》が置かれていたので、十分に用心しながら進むことができた。

しかし、行く先々でオークやミノタウロスなどの力の強い妖魔達が群れを成して待ち構えており、女盗賊と魔法使いはとうとう知らない場所の探索をしなくてはならなくなった。

そうしてしばらく歩いていると、扉の無い未探索の部屋の前に出た。

どうやら妖魔達の気配はないようだ。

「……私が先に行く」

女盗賊が先陣を切り、ゆっくりと部屋に侵入する。

入ってきた場所以外にも、外に通じる道が存在するはずなのだ。

部屋の出入り口には悪魔像が置かれており、不気味な笑みを浮かべていた。中央には真っ黒な鎧が置かれており、今にも動き出しそうである。

女盗賊は悪魔像や鎧に警戒しながら部屋の中を調べていく。

「毒針の罠《ポイズン・ニードル》ね」

部屋には見えないほど細い糸が張り巡らされており、不用意に侵入すると、悪魔像の口から毒針が発射される仕掛けとなっていた。

「解除するわ。敵が来ないか見張っていて」

女盗賊は盗賊の七つ道具《シーフ・ツール》を使い、慎重に罠を無力化する。

いつ怪物が現れるかわからない中での罠解除は、神経をすり減らす難行《なんぎょう》であった。細い糸を刺激しないよう、毒針が出てくる射出口を塞《ふさ》ぐ。女盗賊一人であれば、こんな面倒なマネはせずに部屋を突破できただろう。だが不器用な魔法使いが一緒となると、そうもいかない。

幸いなことに罠を解除するまで、地下迷宮を徘徊する魔物達と出会うことはなかった。

「……さあ、抜けましょう」

女盗賊がそう言って、鎧の横を通った瞬間だった。

毒針ではない。

それは無力化されている。

もう一つの罠が発動したのだ。

生きている鎧《リビング・アーマー》と呼ばれる魔法の罠である。

熟練の盗賊であっても魔法の罠を感知するのは難しい。魔法に対抗するには、魔法しかないのだ。

以前、地下迷宮に侵入した女盗賊モニカは様々な魔法と盗賊の技を駆使し、地下迷宮の秘宝を奪って逃亡したが、残念ながらこの女盗賊は魔法が使えなかった。

弟分である魔法使いが、魔力感知などの魔法を唱えていれば結果は違ったかもしれないが、もはや後の祭りである。

黒い鎧は変形して、女盗賊の体に纏《まと》わりつく。

生きている鎧《リビング・アーマー》は、邪悪な魔力で生み出された魔法生物である。人食い宝箱《ミミック》などと同種の罠であり、近くに人間が来ると捕食を開始する。

「きゃぁあああ！！！」

彼女が元から着ていた軽装は特殊な分解液で破壊され、漆黒《しっこく》の鎧が装着される。

瞬《まばた》きするほどの間の出来事である。

魔法使いは一歩遅れて声を上げた。

「しっかりして、今引きはがす！」

「ぁ、ぁああ……」

だが、その声が彼女に届いたのかわからない。

真っ黒な兜から触手のようなものが伸び、彼女の耳の中に侵入する。甲冑の内部では分解液とは別の液体が吐き出されて、あっという間に精神を溶かしてしまう。

「うあぁあああああ！！！」

魔法使いが絶望の悲鳴を上げて、爪が剥《は》がれるのも構わずに鎧を外そうとする。

だが、その程度の攻撃で生きている鎧《リビング・アーマー》が獲物を逃がすことはない。女盗賊の体がビクビクと痙攣《けいれん》するのに合わせて、鎧は軋む音を立てた。

あと数秒で彼女の精神が崩壊《ほうかい》する。

その時。

「ストップ」

美しい声が待ったをかけた。

人の上に立つことに慣れた者だけが出せる威厳《いげん》のある声である。絶望の涙を流しながら、女盗賊を助けようとしていた魔法使いは思わず声の方を見る。

視線の先には、息を呑むほど美しい少女がいた。

足元まで届きそうなほど長い艶《つや》やかな漆黒の髪。宝石のように光り輝く瞳。男女問わず見惚《みと》れてしまう美貌の持ち主は口元に邪悪な笑みを浮かべていた。

地下迷宮の支配者ハルヴァーである。

「クスクス、ダメだよ。ダメ！　簡単に壊しちゃ、罰にならない。それに償《つぐな》う機会も与えなきゃ」

ハルヴァーは生きている鎧《リビング・アーマー》に語りかける。

返事をするように、鎧兜の隙間からドロリとした液体がこぼれ出した。女盗賊の精神を蝕《むしば》む魔液《まえき》である。

「ねぇ君、捕まっている娘《こ》を助けたい？」

魔法使いは訳がわからなかったが、女盗賊を助けられると聞いて首を縦に振った。

「この子を見捨てたら、助けてあげるって言っても？」

「お、お願いです。ボクはどうなってもいいから、彼女だけは……」

涙を流しながら懇願する魔法使いを見て、ハルヴァーは邪悪な笑みを深めた。

「アハ、仲間は見捨てたけど、この娘は見捨てないんだ？」

彼らが地下迷宮に入ってからの行動はすべて見られていたのである。地下迷宮の支配者の目を欺《あざむ》くには相応の力がなくてはならない。

「それじゃあ今から一週間以内に、この地下迷宮で君達が殺した妖魔の数の三倍、えーっと、百四十四人の人間を地下迷宮に誘ってもらおうかな」

「一週間以内に……、ひゃ、百四十四人の人間を……」

蒼くなる魔法使いに、悪辣なる女君主は首を縦に振った。

「うん、愛しい人を取り戻せるなら、安い代価だよね？　方法は任せるよ。上手くいけば、彼女を解放してあげる」

ハルヴァーの提案に、魔法使いは必死に頭を働かせて答えを用意する。

「……ロナン王国からこの地下迷宮を探れって依頼がある。う、上手く報告すれば、調査部隊が送られてくるはず」

その言葉にハルヴァーは蒼い瞳を細めて、軽く頷く。

ロナン王国は、聖王国と共に祖国を滅ぼした国である。この魔法使いがロナン王国の兵士達を呼び寄せてくれるのならば、それは願ってもない。

「それじゃあ、頑張ってね。もし、一日でも遅れたら……、君の愛しい人は二度と戻らない」

魔法使いは何度も首を縦に振る。

ハルヴァーは魔法を唱えて、彼を地下迷宮の外に送り出した。

約束通り、大勢の人間を連れてきてくれるのなら盗賊の娘は解放しよう。約束を守れなかったら、彼女は生きている鎧《リビング・アーマー》の操り人形として、地下帝国の兵士となる。

どちらになっても、悪くない取引である。

＊　＊　＊

地下迷宮第四階層、迷宮都市。

悪魔達と取引をする「悪徳《あくとく》の鋼鉄通り《こうてつどお》」から少し南に進むと、「選ばれし蠱毒《こどく》の商店街」と呼ばれる場所がある。その商店街で売りに出されているのは主に、闇商人テオドールが各地から買い集めてきた毒虫である。

子牛ほどの大きさがある巨大蜘蛛《ジャイアント・スパイダー》、死ぬと同時に周囲に毒液をばら撒く黒の百足《ブラック・センチピード》、一刺しで大人を殺す殺人蜂《キラー・ビー》、鋼のように硬質な外殻に覆われた全身鎧蠍《フルアーマー・スコーピオン》など、多種多様の毒虫が特殊な虫かごに入れられて売られている。

これらの毒虫は、ゴブリンにとっては馬代わりの騎乗生物だった。

小柄な彼らが乗るには、狼と同じくちょうどいい大きさなのである。狼と比べ瞬発力や持久力に欠けるが、地下迷宮内では壁などをよじ登れるので、虫に騎乗する方が多角的に行動でき、利点は大きい。

ちなみに、「選ばれし蠱毒の商店街」の北側には、各地の狼を取り揃えた「悪《あ》しき群狼市場《ぐんろういちば》」が存在する。

「地下迷宮を移動するなら、アンタも一匹くらい持っておいた方が良い……っても、人間じゃぁ、俺達とは乗れる生き物が違うが、まあ、いろいろ見てくれよ」

ゴブリンの族長プルックの息子にして狼乗りのグラッドは、そんなことを言いながら、「選ばれし蠱毒の商店街」をぶらぶらと歩いていた。

「なるほど」

と答えのは、黒髪の美青年——カイルである。

七体の堕天使《だてんし》が描かれた漆黒のコートを揺らしながら、先を歩くグラッドに歩調を合わせ、ゆっくりと歩いていた。

ゴブリンの狼乗りと元勇者という奇妙な組み合わせであるが、周囲の者はまるで気にしていない。

というのも、地下帝国がカイルを撃退してからというもの、わずかな間に、様々な妖魔が仲間として加わったからである。

先のベティア帝国との戦いで活躍したオークやミノタウロス、聖神教から受けた呪いを解呪した人狼《ワーウルフ》や半人半蛇のラミアなどの妖魔、フランディアルに熱狂的な忠誠を捧げるフェーリアン王国の騎士団の一部、闇商人テオドールの紹介による商人達、〝黒蠅《スカニゲルム》〟の暗殺者達、そして〝悪魔を宿した者《マレブランケ》〟に連れてこられた冒険者の人間達などだ。

今や第四階層の迷宮都市には、多種多様な人と妖魔が入り乱れている。

よって、元勇者カイルとゴブリンのグラッドが一緒に歩いているからといって気に留める者はいない。

だが、カイルとゴブリン自身にとってはどうだろうか？

以前、カイルはグラッドを飛竜で組み伏せ、撃退したことがあった。グラッドの記憶からモニカの存在は消えているが、飛竜と戦ったことはきっちり覚えている。

このように因縁浅からぬ両者にもかかわらず、不思議とぎくしゃくした雰囲気はない。グラッドは熱心に地下迷宮の施設を案内して回り、カイルはグラッドの話をおとなしく聞いている。

これは地下帝国の特徴でもあるのだが、アルアークとハルヴァーが認めた者は、前歴や種族、年齢、性別に関係なく同胞として扱われる。地下帝国ならびに地下迷宮を支配する兄妹の選定基準を言葉にするのは難しいが、カイルが選ばれた理由は単純だった。

若き勇者カイルは地下迷宮の君主達が直々に堕落させたのである。

痛み、苦しみ、快楽、それらをない交ぜにした精神と肉体への調教。拷問のように苦痛を与えられることもあれば、誘惑され、快楽の虜《とりこ》とされもした。

普通の者ならば発狂してもおかしくはないが、カイルは正気を保ち続けた。

痛みにも、苦しみにも、快感にも屈しなかったのである。

彼らはまず、聖神教会が行った非道の数々を再現し、被害者の立場で体験させた。

アルアークとハルヴァーが地下迷宮を創造する際に素《もと》にしたのは、自分達本来の魂と、連合諸国に滅ぼされた魔法帝国の人々の魂である。

肉体・精神・魂。

この三要素により人は作られているといわれる。

人が死んだ後、肉体は腐り、精神は霞《かすみ》と消えるが、体験の記憶を残した魂だけは不変不滅である。

本来、魂は悪魔や天使によって回収されるものの、アルアークとハルヴァーは時間と労力を費やして、魔法帝国に属していた民の魂を探し続けた。そうして臣民一人一人の記憶や経験を共有し、死ぬ直前の屈辱や恥辱《ちじょく》を我がこととしてその身に刻みつけ、彼らの望む復讐を実現するための秘術を修得したのである。

アルアークとハルヴァーは、彼らの体験を一つ一つカイルに味わわせたのだ。

聖王国の悪魔にも勝る残酷な所業といえる。

だが、カイルが何よりも重きをおく聖神教会の矛盾《むじゅん》を暴きたてた調教には効果があった。

無力な市民が虐殺《ぎゃくさつ》される悔しさや無念。それを一日に何百、何千、何万回と、繰り返し体験させられ、カイルの世界観は見事に塗り替えられてしまった。

今やカイルはアルアークとハルヴァーが抱える憎悪の良き理解者であり、目的を共有する同志である。勇者カイルにとって、聖王国は許すことができぬ悪の権化となり、それに対抗する地下帝国は正義となったのだ。

もっとも、アルアークもハルヴァーも自分達を正義の使者とは欠片も思っていない。

邪悪にして悪辣なる地下帝国と名乗っている通り、復讐に生きる自分達は悪に違いない。とはいえ、正義に燃える勇者は実に有用な手駒であるので、カイルの考えを訂正する気もなかった。

勇者という駒は、地上を侵攻する時、戦況を左右する強力な存在である。

聖王国には、カイルの他に六人もの勇者が存在していたが、彼らは世界から祝福を受けているため、地上戦により抹殺《まっさつ》することは不可能なのだ。

しかし、そう遠くない将来、地上で勇者と戦わなくてはならない時が来るだろう。

有史以来、勇者同士が戦ったという記録はない。しかし、カイルが地下帝国に属することになったからには、地上で対勇者戦の切り札となるに違いない。

ただ、そんな勇者カイルに見合う騎獣がすぐに見つかるはずもなく、それが兄妹にとって目下の克服課題であった。

という訳で、カイルの騎獣探しに狼乗りのグラッドが任命されたのだった。

手が空いており、カイルとも面識がある。ゴブリンの中でも比類ない狼乗りであるグラッドには、うってつけの任務といえた。

「ん？　ここから先は何か雰囲気が違うなぁ」

グラッドは、あたりをキョロキョロと見回す。

どうやら「選ばれし蠱毒の商店街」を抜けてしまったらしい。

「旦那方、ここは初めてですかい？」

商人風のゴブリンが揉《も》み手をしながら話しかけてきた。

羽根付き帽子を被《かぶ》り、豪華な礼服を着ているが、まったく似合っていない。

「ああ、初めてだ。この区画はいったいどうなってんだ？」

「ここはアルアーク様のご友人、テオドール様が率いる〝狼と蛇の会《セルプペンス・ルプレィ》〟が仕切る一画ですよ」

ゴブリンの商人は、「何をお探しですか？　おお、騎獣をお探しですか、どうぞ、どうぞ、こちらに！　きっと、お好みに合う騎獣が見つかるはずです」と滑らかに舌を動かしながら、店に案内する。

店といっても、それは十軒以上の館を繋ぎ合わせた巨大な建物であった。

店内に入ってすぐの売場に、武器や防具が並んでいる。

客は、ゴブリンの上位種であるレッドキャップやボガード、ヴァルデフラウを中心に、オークやミノタウロスなど、強力な妖魔達が目立つ。

「悪徳の鋼鉄通り」とは違い、魔法がかけられた品物は少ないが、単純な力技を好む妖魔達にとっては、魔法の力を持つ武具よりも、この売り場に出されている品物の方が好みのようだ。

もちろん、魔法の品もある。しかし、値段が非常に高い。

それもそのはず、アルアークとハルヴァーが持っていた魔法帝国の秘宝が売りに出されているのである。

人間の姿はあまりなく、今いるのはフェーリアン王国の女騎士フランディアルだけである。

彼女はガラスケースに収められた剣や盾の値札を見て、浮かない顔をしていた。

武器以外にも、野菜や果物、肉、魚など、様々な食材が売られている。

食堂らしき場所では、元冒険者イズレーンと褐色肌の少年悪魔がお茶をしていた。

パンや魚、肉の焼ける匂いを嗅ぎながら、ゴブリンの商人に導かれて、カイルとグラッドはどんどん店の奥に進んでいく。

武器や防具、食材以外の物を求める者達ともすれ違った。

冒険者として各地を旅してきたカイルは、彼らの服装や仕草、求める物品から大体の職業を推測できる。

宝石・真珠・真鍮《しんちゅう》・銅・銀・金細工師、仕立て屋、皮なめし工、帽子職人、楽器職人、麦酒醸造人、菓子売り、蝋燭《ろうそく》屋、刀鍛冶《かたなかじ》、ガラス職人、石工、煉瓦工《れんがこう》、薬草調合師、眼鏡職人、製本職人など、まるで大都市のような活気である。

この中で人間は半分、残り半分は妖魔や悪魔など、人ならざる者だ。

地上では敵対して憎み合っている彼らだが、不思議と諍《いさか》いはない。

その理由は明白である。

地下迷宮の支配者達が迷宮都市での争いを禁じたからだ。

その法を破ればどうなるのか。地下迷宮に属する者なら子供のゴブリンでも知っている。

僅かな間に多種多様な者達で溢れるようになった迷宮都市だが、地下迷宮を統べる支配者達の目が行き届かぬ場所などないのである。

そして、いよいよお目当ての騎獣が繋がれている場所に到着した。

ここに集められているのは、いずれも凶悪な面構《つらがま》えをした魔獣どもだ。

漆黒の鱗《うろこ》に覆われた双頭《そうとう》の大蛇アンフィスバエナ、毒蛇の頭と獅子《しし》の体に蠍《さそり》の尾を持つムシュフシュ、七つの頭に七つの目と七つの角を持つ異形の怪物キリムなどで、先ほど見かけた大型昆虫の何倍も強いと一目でわかる化け物どもである。

ただ当然のことながら、御《ぎょ》するのは難しい。

「最近ですと、三頭の番犬ケルベロスと石化の息を吐く牡牛《おうし》ゴルゴンの調教が終わっておりますよ。他には……」

「アレは？」

商人の説明を遮って、カイルは店の隅《すみ》で頑丈《がんじょう》な鉄格子の中に入れられている魔獣を指さす。

「え？　あ、こいつですか……、旦那、申し訳ないんですが、こいつはまだ調教ができていません。何人かの調教師が試みたのですが、手に負えないほど狂暴で……」

それは、翼も手足もない竜頭の化け物リンドブルムであった。

暗褐色の鱗に覆われた蛇のような巨体、ギラギラと輝く真っ赤な瞳、鋭い牙がズラリと並んだ口はカイルを丸ごと呑み込めそうなほど大きく、尾の先端は鏃《やじり》のように鋭く尖《とが》っている。

リンドブルムは竜の近縁種であるが、知性は低く、目にした生き物を手当たり次第に喰らう害獣である。しかしその身体能力は竜にも匹敵し、口からは猛毒ガスを吐き出す。今は口や体を封じられているが、解き放たれたら生《い》ける災厄《さいやく》と化すことだろう。

「いや、こういう奴が欲しかった」

カイルは竜が好きである。

勇者として活動していた頃は、飛竜を駆って各地を移動したものだ。

ちなみに、その飛竜は今も、地下迷宮の外に待機させている。

地下迷宮内の移動手段として騎獣が必要というのならば、やはり竜の姿に似たものが良いと考えていた。

カイル達がじっと見ていることに気づいたのだろうか。リンドブルムが恐ろしい唸り声を上げた。

商人が「あまりに狂暴」と評した通りである。動きを封じられているというのに、その唸り声だけで近くの者を戦慄させた。グラッドも商人も恐怖に耐えきれず、出口まですっ飛んでいってしまう。

しかし、闇に染まっているカイルは恐怖を感じない。

むしろいっそう気に入ったようで、リンドブルムに近づいて行く。

「だ、旦那、特殊な香水をつけないと、エサと間違われますよ！」

ゴブリンの商人が慌てて止めるが、カイルは「大丈夫だ」と、リンドブルムを閉じ込めている檻《おり》に近づいた。

近寄って来る獲物に興奮したのか、リンドブルムは拘束を振りほどこうともがいている。蛇のような体がじわりじわりと動く。

しかし、カイルが「大人しくしろ」と低い声で呟いた瞬間、リンドブルムは先ほどとは逆に、元勇者から逃げるように遠ざかった。

「大丈夫だ。俺に従えば、お前の願いを叶えてやる」

カイルは昏《くら》い笑みを浮かべながら、リンドブルムに手を差し伸べる。

その魔を宿したような黒い瞳を見て、狂暴な竜頭の怪物は服従の意を示して頭を低く下げた。

そんな様子を見ていたゴブリンの商人は、目を丸くして、同族であるグラッドに問いかける。

「あの人、いったい何もんなんだ？」

グラッドは先ほど商人がして見せたような自慢げな表情で答えた。

「カイルって言うんだ。オレ様の舎弟だからよぉ。いいようにしてやってくれ！」

グラッドはカイルを舎弟だと言った。

地下迷宮における上下関係は、アルアークとハルヴァーにどれだけ貢献したかによって決まるのだ。そういう意味では、新参者カイルがグラッドよりも立場が下であるのは当然だった。

ただ、二人の実力は天と地ほど離れている。グラッドは一度、カイルに手も足も出ず、一方的にぶちのめされていた。にもかかわらず、これだけ大きな顔ができるのは、グラッドも父親プルックに負けず劣らず大物だということかもしれない。

＊　＊　＊

聖王国の中心地。

そこに、聖王が住まう王宮がある。伝統と権力を象徴する荘厳《そうごん》な王宮の一室で重臣達が会議に臨《のぞ》んでいた。

筆頭公爵《こうしゃく》家であるレイネルも当然その会議に参加している。ベティア帝国の謀略により、不穏な噂が流れたが、仕掛け人であるギオルドが戦死したため、すでに噂はやんでいた。

（とはいえ、カイルを失ったのは痛いな）

レイネルは心中で呟く。

その会議の議題はというと、漆黒に染まった勇者像の取扱いについてであった。

「不吉にも、勇者の像が黒く染まってしまい、市民の間に不安が広まるばかりです。北部に派遣《はけん》した勇者達を呼び戻しては？」

「いいや、今守りを解くのはまずい。妖魔達はかつてないほど結集しており、巨人や竜を味方につけたとの報告もある。勇者達を聖都に呼び戻せば、その隙をつかれて北部一帯を失うことになる」

「それよりも、カイル殿とはまだ連絡が取れぬのか？」

様々な意見が飛び交い、まとまる気配はない。

レイネル公爵は、地下迷宮に送った勇者カイルはすでに死んだものと見当をつけているが、ここでそれを話せば、フェーリアン王国における謀略が失敗に終わったことも知られてしまうため、素知らぬ顔をしていた。

（しかし、思った通り、話はまとまらんな）

何故なら、まとめ役たる聖王がこの場にいないからである。

聖王は勇者像が漆黒に染まるのを見て、聖神教会の長である教皇の下に向かったのだった。それからすでに一週間以上が経っているが、聖王は未だに戻らない。教皇との話し合いが長引いているようなのだ。

聖神教会の総本山、その不可侵《ふかしん》たるべき聖域で何が行われているのか。世俗的な権力しか持たないレイネル公爵にはわからない。何万人もの司祭と数百万の熱心な信徒を抱える聖堂は、聖王国内にあるもう一つの国と言っても過言ではなく、そこでは公爵であるレイネルもただの人でしかなかった。

教会から派遣される使者達のお蔭で、今のところ政務に影響はないが、重臣達の不満は高まっている。

（このままでは暴走する者が出てくるかもしれないな）

レイネル公爵がそう不安を抱いた時だった。

「聖王様が戻られました」

従者の一人が、レイネル公爵に耳打ちする。

従者の言葉からそれほど間をおかずに、会議室の扉が開いた。

扉から入って来る人物の姿を見て、会議室にいた全員が慌てて背筋を正して立ち上がり、深々と頭を下げる。レイネル公爵も例外ではない。

聖王イル九世。

右手の王錫、頭上の王冠、体を覆い隠す服と外套《がいとう》、そのいずれも金銀その他数多《あまた》の宝石で飾られていた。

聖王イル九世は、見るからに温厚そうでふくよかな初老の男性である。彼こそが聖王国の政治的指導者であり、優れた政治手腕の持ち主として知られていた。その一方で、聖神教の熱心な教徒であり、教皇との繋がりが深く、聖神教会が異端《いたんし》視する相手に戦争を仕掛けている。魔法帝国を滅ぼした五年前の聖征戦争《クルセイド》でもそうだったが、去年から始めた北部の妖魔討伐戦争も、聖神教会の要請によるものである。

そのことに不満を持つ貴族は少なくないが、口にすれば自らが異端者として身を焼かれることになるため、聖王に面と向かって意見する者はいない。

「皆、面《おもて》を上げよ」

聖王は優しい声で命じた。

レイネル公爵は顔を上げ、聖王の後ろに控えている者達の姿に目を配る。

まず目に入るのは五人の美女。

彼女達は勇者カイルの仲間達だった。

元聖堂騎士を筆頭に、勇者カイルの義妹、高名な鍛冶師、旧世代の遺物を操るドワーフ、災厄を止める力を持ったハイ・エルフといった面々で、勇者と肩を並べるにふさわしい英雄揃《ぞろ》いである。

その全員が女であるのは、カイルの人徳の成せるわざだろうか？

だが、彼女達の扱いに勇者は見事に失敗していた。

つい最近、勇者を巡って修羅場《しゅらば》が生じ、それを制止しようとした聖騎士達に暴行を加えた罪で、彼女達は牢《ろう》に入れられている。そのうえ、カイルを模《かたど》った勇者像が漆黒に染まった影響で、彼女達はより厳しい監視を受けることとなり、聖神教会に引き渡されたのだった。

そんな五人がどうして聖王に付き従っているのか？　この場に集まった者は皆首を傾《かし》げたが、さらに彼女達の背後にいる騎士を目にして、何人かは思わず唸り声を上げた。

卓越《たくえつ》した政治家であるレイネル公爵は驚きの表情を露わにすることはなかったものの、驚きの声を上げた者をあざ笑う気は起きない。聖王が引き連れていた騎士達があまりに特殊な存在で、その名は聖都に轟《とどろ》いていたからである。

騎士達は皆一様に、穢れのない白銀の甲冑と黒い十字の意匠《いしょう》が施されたサーコートを身に纏《まと》い、鎧と同じように光り輝くバケツ型の兜《グレートヘルム》で顔をすっぽりと覆っていた。腰には聖なる十字剣《クルセイダー・ソード》を差している。

彼らが所属するのは、聖マウグリスト騎士修道会。

それは教皇が結成した宗教騎士団であり、聖神教会にあだ為《な》す者を殲滅《せんめつ》する裁きの剣の役割を担っていた。

彼らの無慈悲な戦いぶりは有名だった。五年前の聖征戦争《クルセイド》でも、降伏した魔法帝国の臣民《しんみん》を容赦なく狩っている。昼夜を問わず、老若男女の区別なく拷問《ごうもん》を行い秘密の隠れ家を吐かせ、そこで捕えた魔法帝国の臣民を生きたまま火炙《ひあぶ》りにした。

この騎士修道会が担当した地域には、焼け焦《こ》げた死体の磔《はりつけ》が何十万と立ち並び、その様《さま》はまるで死体で作られた森のようであったという。

聖王と五人の美女の後ろに控えている騎士は十人ほど。おそらく幹部級の者だろう。その顔はグレートヘルムで隠されているので、表情は読めないが、権力争いに現《うつつ》を抜かす貴族達を、咎《とが》めるような雰囲気だった。

「皆の者、安心せい」

聖王は穏やかに語る。

「教皇猊下《げいか》が、兵を貸してくれた。間もなく、闇に堕ちた勇者は滅び、新たな光の勇者が誕生するであろう」

どこか夢見がちに語る聖王に、居並ぶ重臣達はどう答えたものかと顔を見合わせた。

「レイネル公爵を残し、他の者は下がって業務に戻れ」

聖王の声は優しくはあるが、反論を許さぬ力強さに満ちている。

臣下は頭を下げ、足早に会議室から去って行った。

広い会議室に残ったのは、聖王とレイネル公爵、勇者の仲間である五人の美女、聖マウグリスト騎士修道会の宗教騎士十名である。

「陛下、いったいどのようなご用件でしょうか？」

レイネル公爵はさっそく問うた。

「ホッホッホ、そう急《せ》くな公爵……、儂《わし》はな。貴公を買っておる。貴公のお蔭で、面倒な貴族間の争いを調整できておるしの。そのあたりは感謝しておるんじゃ」

「……」

嫌な予感がして、レイネル公爵は僅かに後退する。

「しかし、カイルを動かしたのはまずかったのぉ～。儂は後々、アヤツを地下迷宮に取り込む予定じゃったのに……、まさか、他の地下迷宮に奪われるとは……参った参った」

「地下迷宮に取り込む？　い、いったい何の話を……」

公爵の問いは無視して、聖王は好々爺《こうこうや》然とした表情のまま話を続ける。

「貴公には、責任を取ってもらわねばならん。ホッホッホ、怖がるでない。天にも昇る快感を味わうことになるのじゃからな」

その言葉が終わるや否や、宗教騎士達が公爵を取り押さえた。

あっという間の早業であり、レイネルが抵抗する余地など微塵《みじん》もなかった。

「へ、陛下！　どういうおつもりですか！」

「レイネル・ルト・ハーディア、教皇猊下の力になれることを光栄に思うがいい」

聖王の瞳に宿る穏やかな狂気に、公爵は言い知れぬ恐怖と戦慄を覚えた。すかさず、勇者の仲間である五人の美女に助けを求める。

「た、助けてくれ！　私はカイルがどこに行ったか知っている！」

彼女達は勇者カイルを男として深く愛している。

そのことを知っているレイネルは、カイルを餌《えさ》に彼女達を釣《つ》ろうとしたのだ。

しかし、五人の美女は沈黙したままである。

「ホッホッホ、さあ、彼女達に聖神の下僕《げぼく》を宿す儀式を始めよう」

聖王の笑い声が室内に響き渡った。

それを合図に、公爵を取り押さえていない騎士達が聖句に似た言葉を唱え始める。

『――救済《サルヴェイション》、すべては唯一神《アーシェンクロシェス》の下に。

――解放《リベレイト》。

――疑似迷宮展開《アポンデ・アリード》。

――神に捧げる供物の祭壇《シィディ・ヴァアルド》。

――起動《アクティブ》。

――解き放たれる眷属《ローシェンパルク》。

――出でよ《ジェイス》、出でよ《ジェイス》、出でよ《ジェイス》!!』

彼らの詠唱に招かれ、人知を超えた存在が、この世界と別の世界を隔てる壁を抜けて、顕現《けんげん》しようとしていた。

「公爵よ、光栄に思うがいい。汝《なんじ》は貴重な触媒《しょくばい》に選ばれたのじゃ」

「あ、ァアアアアァァアアアアーーーーーー！！！！！」

公爵の体に激痛が走る。

凄まじい力を持った何かが、彼の肉体を通してこの世界に降臨《こうりん》しようとしているのだ。

体をバラバラにされ、再び繋ぎ合わされるような痛み。吐き気をもよおすほどに耐え難《がた》く、常人ならば即座に発狂するだろう。レイネルも狂気に逃げようとした。が、それすら許されない。

得体の知れない快感が痛みを和らげ、気が緩《ゆる》んだ瞬間に再び激痛が走る。

想像を絶する生き地獄を味わいながら、公爵は涙を流して声を張り上げた。

「アァアアアアアアアアアアアアアアアアアア！！！！！！」

魂が切り裂かれるような、否、弄《もてあそ》ばれる感覚に、赤子のごとく泣き叫ぶことしかできない。

激痛と快感、二つの感覚が入り混じった公爵の悲鳴は外に漏れることはなかった。

何故なら、宗教騎士達があらゆる音を遮断する沈黙の結界を張り巡らせたからである。

したがって外にいる者達は、誰一人公爵の悲鳴に気付くことはなかった。

この会議室で繰り広げられた情景はまるで、アルアークとハルヴァーが創造した地下迷宮における拷問さながらであった。

永遠とも思えるほど長々と尾を曳《ひ》く公爵の絶叫――。

それは、やがて闇に吸い込まれるようにして……消えた。

次の日。

元勇者の仲間達と聖マウグリスト騎士修道会の会員五百名が聖都から旅立った。その行軍の様子を遠くから見ていたひとりの少女は「さて、どちらに加勢をするべきスかねェ」と呟きながら、彼らの後を追いかける。

地下迷宮に新たな危機が迫ろうとしていた。

第二章　地下帝国の臣下

アルアークは今、しばしの眠りについている。

そのため、地下帝国軍の指揮は、妹であるハルヴァーが執《と》っていた。

聖王国と連合諸国に対するアルアークの静かな憎悪をゆっくりと忍び寄る冷気に例えるなら、ハルヴァーの怒りは、燃え上がる烈火のようであった。

彼女は、地下帝国の軍勢《レギオン》に向け、ロナン王国とベティア帝国を間断《かんだん》なく攻め立てるように命じた。

ゴブリンの王プルック、終末の騎士テェルキスといった将兵達は、主命を受けるや否や、即座に軍勢を駆り、敵国都市への侵攻を開始している。

プルックの率いる妖魔軍は、今では地下帝国最大の兵力であった。

その数はゴブリンだけでも百個大隊、五万にも上っている。

元からいたゴブリンに加え、辺境に逃げていたゴブリン達が続々と地下迷宮に集まってきたのだ。

さらに軍勢を拡大させるために、ハルヴァーは種族としての格を上げる「強制進化の祭壇」に続いて、新たに種族の特性を最大限にまで引き出す地下迷宮の設備「大いなる背徳の園」を創造した。

この設備により、彼らの高い繁殖力と成長力は従来の何倍にも高められている。

ただし、そのためには代価も必要であった。

「大いなる背徳の園」の祝福を受けた者は、本来の寿命を半分失うことになるのだ。にもかかわらず、彼らはこの施設を利用して、その数を増やしていった。

個々の戦闘能力は低くとも、その数の多さは脅威となる。元々長くは生きられないゴブリン達であったが、そうしなければ地下帝国の軍勢として貢献できないことを知っていたのだった。

王である〝赤き刃〟プルックを始め、彼の息子達〝狼乗り〟グラッドや〝霊剣使い〟ガース、〝悪徳の〟ガラグなどが指揮を執り、ロナン王国に軍を進めた。

次に兵数が多いのは、テェルキス達終末の騎士が率いる不死者の軍勢である。

スケルトンの大軍を生み出す「不浄《ふじょう》なる寺院」やゾンビなどの足を速める「絶叫する骸骨回廊《がいこつかいろう》」など、地下迷宮の施設より生み出された邪悪なる不死者の大軍。

さらには、闇の気配に惹かれて、死の世界より這い出てきた首なし騎士《デュラハン》、魔霊《レイス》、死せる竜《ドラゴンゾンビ》などが戦列に加わった。

指揮官であるテェルキス達、終末の騎士が打ち倒されなければ、この軍勢が滅びることはない。

巨大な生き物のように、死せる軍勢は地の底を進み、ベティア帝国の都市部へ向かう。

あっという間に、ロナン王国では六つ、ベティア帝国では四つの都市を陥落《かんらく》させて、その数倍の数の砦を占拠《せんきょ》した。

地底を進む地下帝国の軍勢は、国境の守備や城壁を易々《やすやす》と突破し、都市の主要施設へ神出鬼没《しんしゅつきぼつ》の急襲を仕掛けることができる。

侵攻される両国は、何一つ有効な対策を打ち出せずにいた。

地下帝国がその侵略を拡張する様は、まるで乾いた藁《わら》がめらめらと燃え広がるようであった。

各地を制圧した妖魔達は地下帝国の旗を高らかに掲げ、この地は地下帝国の版図《はんと》であると宣言した。

栄耀栄華《えいようえいが》を貪《むさぼ》っていた都市の代表者や教会の指導者、守備隊長、豪商《ごうしょう》達は、生《い》け捕《ど》りにされた後、アルアークとハルヴァーへの供物として地下迷宮に送られた。

彼らは皆、魔法帝国を滅ぼした戦争で富を築いた、いわば仇敵である。そんな彼らが今後、生きて再び地上に出ることはない。

ハルヴァーは配下の活躍に満足し、陥落都市を自由にする権利を与えた。

物言わぬ不死の軍勢ならばともかく、虐《しいた》げられてきた妖魔達のものとなった都市には虐殺《ぎゃくさつ》の嵐が吹き荒れるだろうと予想された。ところが意外にも、略奪《りゃくだつ》や虐殺は起きなかった。

ゴブリンの王プルックが配下を厳しく律《りっ》したからである。

その理由は、慈愛の心によるものではない。

それは、人間を恐れてのことだった。

ここで野放図《のほうず》に略奪したら、人間達は必ずや逆襲するに違いない。

復讐に身を焦がす、アルアークとハルヴァーを良く知る彼らしい判断であった。

プルックは配下のゴブリン達に、「無抵抗な人間は粗末《そまつ》に扱うな」と命じた。村人達を、懐柔《かいじゅう》しようとしたである。

しかし、これは上手くいかなかった。

聖神教の教えがこびりついている村人達は、妖魔を信用しなかった。多くの者が難民となり、まだしも安全な都市へ落ち延びていった。

プルックは腹を立てることなく、「まあ、はじめはこんなものだろ」と呟くと、配下の者達に、荒廃した田畑を片付けさせ、破壊された家屋を直させた。

不真面目で不器用なゴブリン達はお世辞《せじ》にも丁寧な仕事をしたとは言えなかったが、それでも僅かに残った村人達には仮の住居と食事が与えられた。

その結果、村人達は妖魔に怯えながらも、新たな支配者として受け入れていった。

だが村や都市の復旧作業は行えても、ゴブリンなど知性の低い妖魔には、政治や経済といった小難しい仕組みを構築することはできない。

これに関しては、アルアークの友人である闇商人テオドールや小国の姫フランディアルが全面的に協力した。聖神教会に目をつけられている異端者、連合諸国に利権を奪われた闇商人などを誘致《ゆうち》し、軍事的にも政治的にも、都市を完全なる支配下に置いてしまったのである。

こうして急速に勢力が拡大していったが、それは同時に、地下帝国内の治安の不安定化も意味していた。

「ロナン王国の食料庫と言われる都市ビロストと、ベティア帝国の武器庫として名高いツァールストは陥落。また、泉の国ラクシュは我がフェーリアン王国の騎士団の手により解放されました。しかしそれに呼応するかのように、両国の傀儡《かいらい》国家と化していた小国家が再び独立の兆《きざ》しを見せています」

フェーリアン王国の姫、フランディアルがそう報告した。

彼女は周辺国から妖精姫とあだ名される美貌《びぼう》の持ち主で、若いながらも優れた為政者《いせいしゃ》である。

「その辺は姫様の好きにしなよ。独立に手を貸して恩を売るも良し、ロナン王国やベティア帝国に代わって支配するも良し」

ハルヴァーは興味がなさそうに言う。

地下迷宮を支配する彼女にとって最大の関心事は、祖国を滅ぼしたロナン王国、ベティア帝国、商業国家キレトス、そして聖王国の取扱いであり、それ以外のことは二の次、三の次だった。征服して奪った土地を妖魔達の好きにさせている辺り、政治家としての役目は放棄《ほうき》しているに等しいのだが、不思議とそれが良い結果に繋がっている。

それはおそらく、アルアークとハルヴァーの人望に惹かれて集まった者達が優秀であり、主人である兄妹が口を出さなかったため、結果的に上手くいったのだろう。

ハルヴァーの反応を予想していたのか、フランディアルは深々と頭を下げて自分の考えを述べた。

「人と妖魔の関係性を改善するには、ゴブリンの上位種やオークの方々に復興の支援をさせるのがよろしいかと存じます。その辺りの交渉を任せていただければと」

「……危険だよ？」

ハルヴァーは宝石のような蒼い瞳を細めて、フランディアルの覚悟を問う。

聖王国から離れているとはいえ、妖魔に対する風当たりは強い。

多くの人にとって、ゴブリンやオークは害虫と変わらないのである。だが先のベティア帝国の戦いを皮切りに、その害虫達によって各地の都市や砦が落とされた。この事実は風の噂となり、疫病のように各地へ広がっている。

つまり、大半の人間達は恐れているのだ。今度は自分達が、ゴブリンやオークに害虫の如《ごと》く殺されるのではないかと。

そのように恐怖に駆られた人間には理屈が通用しない。予期せぬ逆襲を受けるかもしれない。フランディアルの提案通りに事を進めれば、彼らの恐怖心をさらに刺激しないとも限らない。

「承知しております。しかし、これもすべてはアルアーク様と我がフェーリアン王国のため」

姫の覚悟を聞き、ハルヴァーは軽く首を縦に振った。

「わかった。それじゃあ、これをあげる」

ハルヴァーは転移の呪文を唱えて小さな指輪を呼び出すと、フランディアルに渡す。

指輪には解読不能な文字が彫刻《ちょうこく》されていた。

「これは？」

「『誓約の指輪《オウス・リング》』、ビロストやツァールストの指導者達を加工して作った指輪だよ」

恐ろしいことに、ロナン王国やベティア帝国の都市の顔役達は捕らえられた後、その姿形を指輪に変えられてしまっていたのである。

恐ろしいことをさらりと言ってのけ、ハルヴァーは説明を続けた。

「身に着けていれば、傷や痛みを代わりに引き受けてくれる。合言葉を唱えれば、地下迷宮に転移できるから、結構便利な品物だよ」

ハルヴァーから渡された指輪を、フランディアルは凝視《ぎょうし》する。

すると、指輪の表面に浮き出た文字が嘆き悲しむかのように歪んだではないか！

生きたまま魔法の道具の材料にされた人々の苦しみや恐怖が凝縮した指輪。

普通ならば、恐ろしくて触れることすらできないだろうが、フランディアルはさすが地下帝国の同盟者だけあって、心も常人とは違う。

彼女は躊躇《ためら》うことなく指輪を嵌《は》め、ハルヴァーに感謝を述べた。

「ありがとうございます」

「うん！　それじゃあ、頑張ってね！」

ハルヴァーはいつも通りの邪悪な笑みを浮かべる。

「人間達のことはお任せください。少しばかりおいしい思いをさせれば、彼らの多くを味方につけることができるでしょう。ところで、ハルヴァー様。妖魔達の方は大丈夫でしょうか？」

聖王国のレイネル公爵が仕組んだ先のベティア帝国との戦いでは、オークやミノタウロスの部族が活躍した。これによって、地下帝国が人間達と戦い勝利したとの噂を聞きつけた諸国に潜む妖魔の部族達は、その軍勢に加わりたいと今も続々と集まってきている。

しかし、地下迷宮には、少なからぬ数の人間も暮らしているのだ。

もしも地下帝国が妖魔至上主義一辺倒に傾いてしまっては、人間であるフランディアルにとって問題である。

「地下帝国に属する者なら、人も妖魔も関係ない。みな等しく、兄様《にいさま》と私の宝物だよ。金貨や宝石、魔法の道具よりも大切な人材、つまり財産なんだから……、足の引っ張り合いは許さない」

ハルヴァーは、最後の部分をゾッとするような声音で語る。

フランディアルはその言葉を耳にし、体を震わせて硬直した。

自分より少し年上の少女から放たれる、圧倒的な気迫に呑まれたのである。

たとえこの先、フランディアルがどれほどの年月をかけようとも得られない、恐ろしい支配者の声だった。

どんな魔法よりも強力で、人や妖魔の区別もなく、絶対の忠誠と隷属《れいぞく》を誓わせる強大な力。臆病なゴブリン、勇猛なオーク、豪快なミノタウロス、いずれも例外ではない。

「まあ、競い合う程度なら可愛げがあっていいけどね」

ハルヴァーはフランディアルの心を見透かすように微笑んだ。

人が増えれば、手柄《てがら》を争う場面も多くなる。

それは妖魔も同じであり、地下帝国の軍勢は互いに競い合うようにして、日々の勝利を主人に報告しようと躍起になっている。

愚かなことだが、妖魔の中にはアルアークやハルヴァーに虚偽《きょぎ》の成果を伝えようとする者もいた。

だが、ハルヴァーは嘘を見破る魔術にも精通しているため、その手の輩《やから》は、地下帝国の拷問部屋に送られ、己の浅慮《せんりょ》を後悔することになる。

ただ今のところ、仲間を陥れるような者はいない。

人であっても、妖魔であっても、である。

それが地下迷宮の魔力によるものか、あるいはアルアークとハルヴァーの人徳によるものかは、不明だった。

このように地下帝国は、集団としての新たな問題を抱えていたがその軍勢が破竹《はちく》の勢いで版図を拡大しているのは確かである。

「そういえば、そろそろ使者が到着する頃かな?」

「使者?」

「うん、ドルド達の住んでいた森にすごく強い竜がいるんだってさ。協力を得られたら、素敵だと思わない?」

竜は人知を超えた力を持つ魔獣である。

その中でも、人と同じように知恵を持つ竜はさらに強大な存在だった。

もしも竜が仲間として軍勢に加わるならば、地下帝国は地の底のみならず空の戦いの主導権も手に入れることになるだろう。

「それは素晴らしいお考えです。奪い取った城塞都市ビロストには、天馬《ペガサス》もおりますので、十分に数を揃えれば空軍としても利用できることでしょう」

フランディアルの返答に、地下帝国の君主は嬉しそうに頷く。

「ところで、その使者は誰を？」

「デリトだよ」

「デリト？」

ハルヴァーの言葉に、フランディアルは首をかしげる。

「ほら、地下迷宮を創造した時、最初に訪れた冒険者……」

フランディアルは「ああ！」っと、思い出したような声を出した。

「あの幸《さち》が薄そうな」

「そうそう、平凡そうな顔立ちの」

歯に衣着せぬ物言いであるが、真実なのだから仕方がない。

もっとも、アルアークとハルヴァーは、デリトは一皮むければ大きく化けると期待している。

「獣人の娘を治療した功績もあるし、話くらいは聞いてくれると思うよ」

「なるほど、では彼の手腕の見せ所ですね」

しかし、その手腕が発揮される機会はなかった。

何故なら、デリトが向かった森には異変が起きていたからである。

そのことを、彼女達はまだ知らない。

＊＊＊

デリトが向かった先は、以前、狼乗りのグラッドが訪れた森だった。

その中にある、竜が首領《しゅりょう》を務める妖魔の隠れ里に、地下迷宮の使者として行ったのである。

使者には、神官デリトに加え狩人ローナもいた。

二人とも元冒険者仲間であり、今では恋人の関係にあった。

デリトは少しばかり線の細い平凡な顔立ちの青年で、ローナは冷たい雰囲気の娘である。

彼らの傍《かたわ》らには、聖銀《せいぎん》の剣により傷を負った人狼《ワーウルフ》の娘がいた。

名はクロイス。ウルフカットの灰色髪に、琥珀色のツリ目をした娘である。

彼女は普段は人間と変わらぬ姿だが、自らの意志により、狼と人間の中間ともいえる半獣人の姿に変化できる。加えて高い再生能力があり、その咆哮《ほうこう》は聞く者に恐怖心を与え、さらには人間を人狼《ワーウルフ》に変化させる感染能力も備えていた。

その代わりに、銀の類による攻撃には非常に弱い。自慢の再生能力も、銀の攻撃に対しては有効に働かないのだ。

過去には聖王国が作り出した聖銀の武器により、多くの人狼が悶死《もんし》している。

その聖銀の毒で苦しんでいたクロイスを、神官デリトが奇跡を用いて救ったのだった。

アルアークとハルヴァーの望みとあれば、デリトには全力で叶える義務がある。

彼は聖神教の神官であるが、同時に地下迷宮に忠誠を誓った臣下でもあった。

そして幸いなことに、地下帝国では呪いを解くのに必要な材料を調達できる闇商人が味方に付いていた。

聖銀の毒を抜き出す材料がそれほど苦労せずに集まり、解呪の儀式は成功したのである。

クロイスの傷を癒したことで、妖魔達からも助力を得られるようになった。

今回はさらに、首長である竜を味方につけるための交渉道具として、ハルヴァーから大量の黄金を預かってきている。

竜は、黄金に魅了される生き物。

十分な黄金を積めば、手を貸してくれるはずである。

(それにしても、なんて険《けわ》しい山道……、いや、獣道……、まったくグラッドさんはよくこの場所を進みましたね)

デリトは肩で息をしながら、心の中で呻《うめ》いた。

口に出さなかったのは、彼のプライドが邪魔をしたからである。

というのも、狩人のローナと人狼の娘クロイスは全く疲れた様子を見せず、すいすいと獣道を進んでいく。

男の自分が泣き言を漏らすなどみっともない。

(それにしても、ゴブリンを『さん』付けで呼ぶ日が来るとは思いませんでしたね)

ぼんやりどうでもいいことを思い浮かべる。

辛い時に辛い現実に正面から向き合うのは、気が滅入《めい》る。

(情が移ったのでしょうか?)

地下帝国の階級で言うと、元冒険者のデリトはそれなりに上位であるのだが、本来軍や部隊を率いる将ではない。むしろ、軍を後方支援する裏方であり、そちらの方面で力を発揮するタイプなのだ。

そんな彼に、地下迷宮の支配者は、負傷した妖魔の治癒を命じたのである。

最初は命に従って彼らを癒していただけだった。しかしデリトは、多くのゴブリン達を奇跡の力で癒すに従い、彼らから感謝されてきた。そのため、妖魔への苦手意識がすっかり消えてしまった。

犬や猫が嫌いな人間でも、世話をしていれば情が移る。

それはゴブリンに対しても同じらしい。

あらゆる者達の治癒を行うことで、デリトの奇跡の扱い方はどんどん上達している。

この調子で修業を続ければ、おそらく十年後には死者を蘇らせる儀式も成功するかもしれない。

世界には、死者を蘇らせる力を持つ者が少なからずいる。

教皇《ハイエロファント》をはじめとして、教皇に従う枢機卿《カーディナル》達、名の知れた冒険者、人ではないが精霊や竜の王など、いずれも雲の上の者達だが、確かに存在していた。

（地下迷宮で腕を磨き続けていれば、いつかは彼らに追いつけるかもしれません）

自分でもあまり信じていない希望だったが、何も希望を持たないよりはマシである。

「隠れて」

その時、先頭を進む人狼《ワーウルフ》の娘が短く警戒の声を上げた。

デリトとローナはすばやく身を伏せる。

元冒険者であり、危険には敏感だ。気配を消して、しばらくじっとしていると、大軍らしき足音が響いてくる。

森の繁みに姿を隠しつつ葉の隙間から目を凝らす。やがてその全貌を確認することができた。

ガチャガチャと鎧の音を鳴らしながら進む白いマントを纏《まと》った集団。

それを目撃するなり、デリトは心中で叫び声を上げる。

（聖マウグリスト騎士修道会！）

聖神教会に仕える宗教騎士団であり、無慈悲な殺戮《さつりく》集団として悪名高い連中だった。妖魔はもちろんのこと、異端者なら人間にも容赦はしない。

その武力は国の内外を問わず恐れられていた。

デリトが聞いただけでも、わずか数十人で千人が守る砦を攻略した、万を超える妖魔の大軍を駆《く》逐《ちく》して敵将の首を取った、魔法帝国を滅ぼす戦いの際には、巨大なゴーレムを一瞬で無力化したなど、その武勲は枚挙にいとまがない。

目前に迫ってくるのは、約百名ほどだろうか。

聖神教会が誇る百戦錬磨《ひゃくせんれんま》の殺し屋集団である聖騎士を相手に、こちらはたったの三人――。

とてもではないが、勝てる見込みはない。

だが幸いにも、身を隠していれば彼らに発見されずやり過ごすことができそうだった。

デリト達は息を殺して彼らがそのまま立ち去ってくれるよう祈る。

(騎士達は全員、似たり寄ったりの格好ですが……)

デリトは相手をそう観察していたが、一人だけ、特別に目立つ人物を見つけた。

その者だけ兜を被っていなかったのだ。

腰の辺りまで伸ばした艶のある栗色《くりいろ》の髪、少し太目の眉、エメラルドのような碧色の瞳。デリトが今まで目にした中で、地下帝国の君主ハルヴァーを除けば一番の美女である。

遠目にも心臓が高鳴ってしまう。

「……」

すると、恋人のローナが無言で体を押し付けてきた。

背中越しに当たるその胸の柔らかな非難の感触に、デリトはゾクリと顔をひきつらせる。それからすぐに慌てて、目に涙を浮かべながら謝罪した。

「す、すいません。ちょっと目がいったただけで……」

「ふ〜ん」

いちゃつく恋人を尻目に、人狼の娘は「バカなことをしているんじゃない」と小声で注意する。

それからしばらくの間、デリト達は体を小さくして騎士団をやり過ごした。

敵意や殺気、あるいは逃げ出す気配を少しでも漏らせば、騎士達に気づかれただろう。

だが、ただひたすら身動きせず隠れ通した彼らは騎士団の目を逃れることができた。

やがて騎士団は、一糸乱れぬ足取りでデリト達が来た方角——、すなわち地下迷宮の方に消えていく。

「もう大丈夫ですかね？」

デリトが問う。

「平気」

「大丈夫よ」

「問題ないス」

三つの返事があった。

狩人のローナと人狼のクロイス、そしてもう一人。

「誰です⁉」

デリトは、聞き覚えのない声がした方に視線を飛ばす。

するとそこに、一人の少女がいた。先程、宗教騎士団に混じっていた美女のように、胸をときめかせるほどの美しさではないものの、一度見たら忘れられない強い印象の顔立ちである。

少女は身軽に動けそうな制服に身を包んでおり、貴族が決闘の際に使う白い手袋、下肢《かし》を覆い隠す黒タイツ、という極端に露出の少ない出で立ちだった。

髪は太陽の光を編んだかのような明るい金色をしている。少女は光を反射する大海を思わせる蒼い瞳をデリト達に向けて笑った。女盗賊のモニカだった。

「にゃはは、いい反応スね」

ニコニコと猫のように目を細めるモニカに、デリトは警戒して相手の正体を当てようとする。

「その服……、聖王国にある聖導学院《サンクチュアリ》の制服ですね」

「おやぁ、制服に詳しいなんて、ずいぶんと良い御趣味をお持ちのようですねぇ？」

ぴょんと撥《は》ねた毛を揺らしながら、少女はデリトをからかう。

ローナとクロイスは、思わずデリトを見た。

「デリト……」

「うぁ」

と、失望と蔑みのこもった声が漏れる。

「ち、違います！　聖導学院《サンクチュアリ》は、聖王国でも高水準の教育機関ですから、詳しく調べるようにと命じられただけです」

あらぬ罪を着せられた青年は慌てて弁明するが、何を言っても嘘くさく聞こえてしまう。

「まあ、デリトさんが制服マニアかどうかはどうでもいいとして、名乗っておきますよ。モニカって言います」

少女が告げた。

「どうでもよくありません！　ローナ、誤解ですから……、ん？　待ってください。なんで、私の名前を？」

青年は再び警戒の目でモニカを睨む。

モニカは、撥《は》ねた髪を揺らしながら嬉しそうに答えた。

「いやぁ、先程の騎士達を追いかけていたんですが……、思わぬ大物に出くわしまして。つい声をかけてしまいました」

その言葉に、デリトは眉を顰《ひそ》める。

「大物？」

「にゃはは、偉大なる闇の大教主様は有名人ですからねぇ」

「闇の大教主様？」

そんな風に呼ばれたことは一度もない。

怪訝《けげん》な顔をするデリトを見て、モニカは「ああ、まだでしたか」とペロッと舌を出した。

「すいません。今はただの伝言役《メッセンジャーボーイ》でしたね」

「ぐっ、いきなり格が下がりましたね」

などと返しつつ、デリトは、モニカとかいう少女の隙を探っている。

会話に参加していないローナとクロイスの二人も、同じように様子を窺っていたが、モニカはその人をおちょくった言動とは裏腹に一切の隙がない。

戦うにせよ、全く勝てる気がしない。

逃げても、すぐさま捕まってしまうだろう。

先程の宗教騎士団よりも得体の知れぬ異質な気配をデリトは感じていた。

「そんな警戒しないでください。大丈夫です。取って食ったりしません。それどころか、ちょうどいいところで会いましたので、ひとつ助力しましょう。本当は、聖王国と地下帝国が喰い合って潰れてくれるのが一番なんですが、ここで竜が消えてしまうのは惜しいんで……」

そう口にしながら、モニカは光り輝く小さな宝玉《ほうぎょく》をデリトに渡す。

「……これは？」

「『神の慈悲《ル・ガルンドロウ》は此処に』。聖神教の教えを正しく守るデリトさんなら使えるはずですよ。これを持って、妖魔の里に向かってください。僅かながら望みがあるかもしれません」

モニカは急に真面目な顔になって告げた。

「どういう意味ですか？」

「バランスの調整ですよ」

少女は返事を待たずに大きく跳躍する。

木の枝に飛び移り、そのままムササビのように木々の枝を伝って、デリト達の前から姿を消してしまった。その先には騎士達がいる。

「デリト、どうする？」

ローナが問いかけた。

今ここで、騎士団の先手を打って、地下帝国に戻り危機を知らせるか。あるいは、当初の予定通り妖魔の里に向かうか。

少し逡巡《しゅんじゅん》した後、神官は決断する。

「このまま進みましょう。アルアーク様とハルヴァー様の迷宮なら宗教騎士相手でも大丈夫です。それに、あの少女の言葉が気になります」

デリトの提言に従い、狩人と人狼は歩みを進めたのだった。

＊＊＊

ロナン王国の首都に繋がる河の石橋。

そこではプルックの息子の一人、ホブゴブリンのガースが、殺した相手をゾンビに変化させる「不浄なる霊剣《アンホーリーパワー・ソード》」を使い、ロナン王国の兵士と戦っていた。

交通の要所である石橋を死守せんと立ちはだかるロナン王国の兵士達。対して、ガースは自分と同種のホブゴブリン達とバグベアの群れを率いて、その場所を奪おうと激しく攻め立てる。

ゴブリンの上位種であるホブゴブリンの力は人間とほとんど変わらないため、ほぼ互角の戦いだった。戦況は当初、一進一退を繰り返していたが、ガースが所持する魔剣には殺した相手を不死者に変え、かつての仲間を襲わせる力がある。

戦えば戦うほど味方の数は増え、次第にガース達が優勢となっていく。

「大蜘蛛を解き放て！　一気に片を付ける！」

ガースは「選ばれし蠱毒の商店街」より購入した巨大蜘蛛《ジャイアント・スパイダー》の群れを戦線に投入せよと指示を出した。

巨大蜘蛛の一群は石橋の下を進み、前方に気を取られていたロナン王国の兵士達の側面へ奇襲が成功。ガースは敵が動揺した隙に、総攻撃を命じる。

妖魔達の猛攻に耐えきれず、ロナン王国の兵士達は持ち場を捨てて逃げ出した。

聖王国やベティア帝国に比べ、ロナン王国の人間は勇敢ではないようだ。

「オヤジが率いる本隊が到着するまで、この橋に陣取るぞ」

逃げ去る敵を放置して、ガースは奪った石橋の守備を固める。

地下帝国が生み出した奇襲用の地下通路は、堅牢《けんろう》な城壁でさえ無用の長物とした。

しかし、地下通路を作れない場所もあった。

例えば、奪い取った石橋の下を流れる大きな河のような地形である。

悠々《ゆうゆう》と流れる大河は一種の聖域であり、穢れた魔力を持つ地下通路の形成を阻害する力を宿している。そのため、地下通路を作る時は河の細くなる地点まで大きく迂回《うかい》するか、河を越えた先で儀式を行い、河の聖性を失わせる必要があるのだ。

今回、地下帝国の兵団がとった作戦は後者である。

また、ガースにはホブゴブリンの中では珍しく、築城の才覚があった。

彼は橋を占領した後、木で即席の防護柵《ぼうごさく》をこしらえて周辺の交通を遮断し、組み立て式の櫓《やぐら》を橋の上に配置した。櫓とは、城壁などに設置される防衛設備の一種である。

ガースが用意したのは木を組み立てただけの簡素なものだが、完成すれば数十人の弓兵が乗って敵を遠距離から攻撃できる拠点となる。橋上には、あっという間に七つもの櫓が建てられた。

前衛には魔剣の力で生み出したゾンビ達に大盾を持たせて配し、中衛にホブゴブリンの槍兵、後衛にバグベアの重装歩兵を置いた。櫓の上にはホブゴブリンの弓兵、橋の裏には大蜘蛛達を配備している。

この守りは、ちょっとやそっとの兵では突破できない。

兵の配備が終わり、ガースが休憩の号令を発しようとしたところで、櫓の上からホブゴブリンの弓兵が警告の声を上げた。

「ガース隊長！　敵の増援です！」

「なにぃ⁉　もう新手が来やがったのか！」

部下の報告を受けて、ガースは不浄の魔力を宿した剣を手に取ると、弓兵が指差した方を睨む。

白衣を纏《まと》った一団が馬に乗り、こちらに向かって来るではないか。

「騎兵か！　ゾンビども、足止めしろ！　弓兵は動きが止まったところを狙い撃て！」

不死者を盾に、高所から矢を撃つように指令を下す。

この命令に、ホブゴブリンの弓兵達は一も二もなく従った。

「テメェら、気を引き締めろよ。騎兵どもは、ベティア帝国の戦闘馬車《チャリオット》部隊に匹敵する突破力があるかもしれねェからな」

ガースは軍事大国であるベティア帝国の黒鉄《くろがね》師団《しだん》との戦いを思い出す。

あの時はミノタウロス達がいたから難を逃れたが、その頼もしい妖魔達も今はゴブリン王プルック率いる本隊に組み込まれている。

(できれば守りてぇが、最悪の場合、また逃げるか)

ガースは心の中で呟いた。

ホブゴブリンの指揮官である彼は、あまり頭は良くないが、それでも勝てない戦に固執《こしつ》するような愚か者ではない。

（死んだら、アルアーク様とハルヴァー様のお役に立てねぇしな）

生き残ってこそ、地下迷宮の支配者達に奉仕できるのだ。

聖王国では邪悪で臆病な種族と呼ばれてきたゴブリンの一族だが、今は地下迷宮の眷属《けんぞく》として、アルアークとハルヴァーに揺るがぬ忠誠を誓っている。

父であり、今やゴブリンの王ともなったプルックを救ってもらった。「強制進化の祭壇」により、ゴブリンという種から生き物としての格を上げてもらった恩義もある。

さらに、地下迷宮における先住権を認められ、食料や武器の手配から、地上戦で勝ち取った都市の支配権まで与えてくれるという。その気前の良さに、根が単純なゴブリン達はすっかり気を許してしまったのである。

アルアークとハルヴァーのためなら、彼らは喜んで命を懸けて戦うだろう。

今までも、これからもそうだ。と、ホブゴブリンのガースは考えている。

「ガース隊長！　敵兵、止まりました」

よく見れば、敵の数は百程度だった。

一方こちらは、戦いの直後だけに疲労しているとはいえ、八百ほど。

「……突破できねェと、考えたのか？」

ガースは首をかしげたが、それが間違いだとすぐさま気がつく。

——否、気づかされた。

白衣の兵団の中から、白馬に跨《またが》る一人の娘が進み出て来たからだ。

「ありゃ……、エルフ！」

その娘は人間ではなかった。

遠目にもわかる特徴的な尖った耳、そして種族を問わず美しいと思わせるその外見から、ガースは娘の種族を言い当てたのだ。

森の妖精族エルフ。

この妖精族は全員こぞって美男美女であり、花のように華奢《きやしや》でひ弱に見えるが、実際には人間を遥かに超えた身体能力を持ち、優れた魔法の使い手でもあった。彼らは普段、人や妖魔との交わりを断ち、優れた鍛冶技能を備えた岩の妖精ドワーフと共にひっそりと暮らしている。

聖神教会は、彼らを妖精と呼び、妖魔のように狩ったりはしない。しかし、それは妖精族の力を恐れてのことであり、隙あらば彼らの優れた技術を奪おうと企んでいた。

そのエルフの娘が、ふいに片手を上げた。

すると、その背後に恐ろしい化け物の姿が浮かび上がる。

一言で言えば、炎と風が混じり合って出来た巨人の姿だ。

頭部に鋭い四本の角を生やし、体は岩の鎧のようなもので覆われている。爛々《らんらん》と光り輝く目は烈火のごとく燃え盛り、口から吐き出す吐息は吹雪のように冷たい。

この人知の及ばぬ存在が全身から発する気にあてられて、対峙するホブゴブリン達は武器を構え

ることすらせず、呆けた顔で立ち尽くす。

いや、一人、言葉を発することだけはできる者がいた。

この部隊を率いるホブゴブリンの長ガースである。

「に、にげろ……」

戦うまでもなかった。

あれには絶対に勝てない。

ゴブリン族に宿る本能がそう告げている。

その一言をきっかけに、呆然自失状態だったホブゴブリン達が慌てて逃げ出そうとした。

だが、もう遅い。

エルフの娘は太陽のような明るい金髪を風になびかせながら、澄んだ青空の色をたたえた瞳で、妖魔の一団を見つめている。しかし次の瞬間、その美しい唇がまるでゴミ虫でも潰す調子で、死を解き放つ呪文を冷たく紡ぎ出した。

「――解放《リベレイト》、天地を創造せし偉大なる巨神《ハーヴェンシャード・ツラティエラ》」

静かに響く無慈悲な詠唱。

それは、今この場に呼び出した巨神に対する命令でもあった。

妖魔達を、殲滅せよ。

命を受けた巨神は、山が噴火したかの如く、凄まじい咆哮を上げる。

突如として巨大な炎の壁が生み出された。

それが、必死に戦場から遠ざかろうとする妖魔達の退路を塞ぐ。それでも無理矢理この炎の壁をくぐり抜けようとする者達は、一瞬で黒焦げになった。

櫓に逃げ込んだ者もいたが、巨神がひと睨みするだけで竜巻が巻き起こり、妖魔達は櫓ごと吹き飛ばされてしまう。天からはバラバラに引きちぎられた妖魔の死体と櫓の破片《はへん》が降り注ぎ、妖魔達の戦意は一挙に喪失してしまう。

それならばと、石橋の上から河に飛び込む者もいた。

だが、結果は変わらない。

河の水がいきなり凍りつき、鋭い杭《くい》に姿を変えたのである。その氷の杭に串刺しにされた仲間達を目に焼きつけながら、ガースは戦慄に身を震わせた。もう逃げ場はない。

「くそっ！　全員、生き残りたかったら前に逃げろ！　強行突破だ」

後ろは炎の壁、橋の下は氷の杭。生き残りたければ、巨神がたたずむ前方へ突っ込むしかない。

この状況下でも絶望せず打開策を考えられるとは、さすがは指揮官を任されるだけのことはある。

ガースが道を示したおかげで、妖魔達は死に物狂いで突撃を始めた。

しかし、それも無駄であった。

ガースが呼び出した不死者の部隊は、巨神が腕を一振りしただけで塵《ちり》と消えた。さらに巨神は口から凍てつく吹雪を吐き出して、重装備のホブゴブリン達を氷の彫像に変えてしまう。

一瞬で、半数以上の兵士を失った。

だが、ガースは尚《なお》も突破の檄《げき》を飛ばす。

それに対して今度は、エルフの背後に控えていた騎兵隊が突撃を開始した。

さながら死に向かい無我夢中で突っ込んでいく妖魔達。そこへさらに騎兵隊が十字剣《クルセイダー・ソード》を振るい、彼らを次々と血祭りに上げていく。

「この害獣どもが」

「聖神の地を穢す屑《くず》」

「疾《と》く死ね」

一片の慈悲もなく、白衣の兵団――聖マウグリスト騎士修道会の騎士は妖魔達を駆逐した。巨神と騎士団の連携プレーにより、おびただしい数の妖魔が倒された。僅かに残った妖魔達も瞬《また》く間に殺されていく。

あとはもう、ガースと彼の護衛のホブゴブリン、そして精鋭であるバグベアだけであった。

「ガース隊長、バグベアの部隊が道を切り拓《ひら》いてくれます！」

ホブゴブリンが告げる。

バグベア。

それは体長二メートルを超える巨漢の妖魔だ。ゴブリンと熊を混ぜ合わせたような体をしており、その身は分厚い毛皮と鋼の鎧で覆われている。彼らは、ゴブリンを喰らうゴブリンの上位種である。

死んだ同族の血肉を糧とすることで、一時的にだが力を何倍にも高め、毒攻撃や再生能力といった特殊な力を得ることもできる。十分に血肉を喰らったバグベアは、ミノタウロスに匹敵する怪力とオークが持つ天性の戦闘技術、そして魔獣さながらの特殊な力を有する怪物と化す。

彼らは巨神を呼び出したエルフの娘を仕留めんと、戦槌《ウォーハンマー》や斧槍《ハルバート》などを手に猛烈な勢いで襲いかかっていった。

巨神は炎の嵐を呼び出してバグベア達を火あぶりにするが、それでも十数体の妖魔がエルフの娘のもとに辿り着く。

術者であるエルフを殺せば巨神は消滅する、と考えたからだ。その読みは正しかった。けれども、あまりに愚かな選択でもあった。

娘は先ほどと変わらぬ様子で、迫りくる妖魔の一団を一瞥《いちべつ》した。

それから馬を降り、その細い腕ではとうてい持ち上げられないだろう大剣《クレイモア》と大盾《カイトシールド》を見事に構え、バグベアの一団に向かって走り出したのである。

風のように素早く、先頭のバグベアに接近するや否や、大剣《クレイモア》の一撃を叩き込む。

分厚い毛皮と鋼の鎧に守られた巨漢が、薪《たきぎ》を割るかのようにあっけなく両断された。

娘の動きは止まらない。

左右から襲い掛かろうとしていたバグベア二体のうち、一体の攻撃を大盾で捌《さば》きつつ、もう一体の顔を血で染まった大剣《クレイモア》で叩き割った。

「滅びよ」

死神のような冷たい声で、エルフの娘は妖魔達に告げる。

大剣《クレイモア》と大盾《カイトシールド》を巧みに操り、彼女はたった一人で五十体近くいたバグベアを斬り倒してしまう。

その間、巨神のホブゴブリンに対する攻撃も緩まない。

巨神は両手の指から雷撃を放つ。

ガースと護衛のホブゴブリンがいる場所に雷撃が落ち、爆音と共に砂埃《すなぼこり》が巻き上がる。

「ゲホゲホ」

「くそ、やり過ぎだ」

「何も見えん」

宗教騎士団の面々は文句を口にするが、巨神は何も答えない。

砂埃が鎮まり、辺りの空気が晴れた時には、妖魔達の姿はどこにもなかった。

「……跡形もなく吹き飛んだか」

聖マウグリスト騎士修道会の騎士隊長が吐き捨てると、巨神がその姿を消した。

と同時に、エルフの娘が片膝をつく。

白い頬を紅潮《こうちょう》させ、全身から汗を流している。

騎士隊長は「この程度の戦闘でへばったのか？」と蔑むように言った後、娘の耳元で囁いた。

「ソレイユ……殿、捕らえられた勇者を救うのだ。誰よりも早く彼を助け出せば、きっと貴女を花嫁に選んでくれる」

「カイルの……」

「そうだ。休んでいる暇はないぞ。他の四人も彼を狙っている」

騎士隊長は娘の心を揺さぶるように語る。

「我々が最初に地下迷宮に辿り着き、勇者を助け出すのだ。教皇猊下からいただいた力で、邪悪を滅ぼせ！　妖魔どもを殲滅しろ！」

「そうすれば、カイルは私を愛してくれる？」

「ああ、もちろんだ。聖神教の敵を滅ぼせば、勇者も喜ぶ」

「がんばり……ます」

ソレイユと呼ばれたエルフの娘は汗をぬぐうと、白馬に歩み寄った。

聖マウグリスト騎士修道会の騎士隊長は心中で舌打ちする。

（聖神教の教えに背いた勇者を殺せという猊下の命に反したあげく、聖神の代理人たる猊下に刃を向けた大罪人が！　強情にも揃いもそろって、未だに「支配」の力に抵抗しやがって！）

エルフの娘はむろんのこと、カイルの仲間達全員が、教皇の力を受けていた。

その力とは、アルアークやハルヴァーが使う洗脳と同じような術だが、より強力で強制力がある。

（まあいい。カイルを見つけたら、お前に宿した精霊神の力を暴走させて、一緒に昇天《しょうてん》させてやる。耳長猿にはもったいない最期《さいご》だろう）

先に述べた通り、エルフやドワーフといった妖精族は人間達と変わらぬように接することになっていた。

しかし、それはあくまで形式的なもので、多くの人間は彼らを心から同一に扱う気などない。

騎士隊長の彼は、人間至上主義者であり妖魔はもちろん、妖精族も心の底から嫌っている。

つい先程、心の中で吐き捨てた「耳長猿」という言葉は、エルフに対する蔑称《べっしょう》である。

(他の隊よりも先に勇者を見つけ、地下迷宮を攻略すれば、次の総隊長《グランドマスター》の座は俺のものに違いない)

聖マウグリスト騎士修道会五百名は、部隊を五つに分けているのだが、その中で彼は五番隊長。

つまり、一番下であるせいか、歪んだ上昇志向に心を支配されていた。

このような欠点の多い男であっても、聖王国の精鋭——聖マウグリスト騎士修道会の隊長に選ばれるだけあって、戦いは決して下手ではない。

彼は獲物を見つけた猟犬のように目を輝かせ、奇跡を唱える。

「——補助《サポート》、道を示したまえ《レイヤヴォイヤス》」

うっすらと紫色の光が出現し、揺らめきながらホブゴブリン達の這い出て来た穴に向かって伸びていく。

「後詰《ごづ》めがいるな……」

騎士隊長は妖魔の大軍を発見したのだ。

プルック率いる本隊が、騎士の一団の方へ突進して来ていた。

(妖魔どもを蹴散らしてやりてぇが、手柄を先取りされちゃかなわねぇ)

と即断し、部下達に命じる。

「我らはこれより、地下迷宮に赴く……、誰よりも早く聖神の威光を知らしめるのだ！」

「オオオォーーーーーー！！！！」

十字剣を掲げながら、騎士達は高らかに吼えた。

その様子を、蔭《かげ》で秘《ひそ》かに窺っている者がいるとも知らずに……。

＊＊＊

古びた掘っ建て小屋。

廃墟と言っても差し支えない場所で、紫と金の色違いの瞳《オッドアイ》をギラギラと輝かせながら女は獣のような笑みを浮かべた。

「ははっ、童貞聖王が……、いや、教皇のクソ野郎、珍しくやる気満々じゃねェか！」

その片手に、聖王国の兵士を映す水晶玉。

もう片方の手には、齧《かじ》りかけの赤いリンゴ。

女の名はセレスという。

聖王国に叛逆する黒い勇者である。

モニカと死闘を繰り広げた後、彼女は傷を癒すべくこの小屋に身を潜めていたのだった。

セレスはハンモックに揺られながら、先ほど助け出したホブゴブリンに問いかける。

「なぁ、こいつはアンタらにとっちゃ、いささか都合の悪い展開じゃねェか？」

「こ、ここは……？　俺は死んだはずじゃ？」

それはホブゴブリンのガースだった。

巨神の雷に撃たれて死んだはずのホブゴブリンである。

「ああ、オレ様……おっとわたくし様が助けなきゃ死んでいたぜ。海より深く感謝しな」

男勝りの乱暴な口調で言い放ち、セレスは冷めた笑みを浮かべた。

「お前はいったい誰だ!?」

「転移の術をかけた後だっていうのに、元気な奴だ。普通は酔ったような気分になるもんだが……、ああ、そうか、地下迷宮には『転移の間』が存在したな。それで慣れているわけか」

彼女と護衛の部下達は死の直前、この廃墟のような小屋に転移させられていたのだ。

転移の術は難しい。

特に、同意を得られぬ相手を移動させるとなれば尚さらである。

ところが、ガースを助けたと言う女は全く苦もなく、しかもガース以外にも数十人の護衛を　気に転移させた。ホブゴブリンの知る限り、そのような超常の力を奮えるのは、アルアークかハルヴアーだけだった。

「誰でもいいだろ。っか、結構深い傷を受けているから、あんまり喋らせるなよ」

よく見れば、女はところどころ負傷しており、包帯が巻かれている箇所に血が滲んでいる。

それでも彼女は笑みを崩さず、かと思うと獣のような声で罵った。

「くそぉ、あの餓鬼《がき》……、心臓ぶち抜いても死なねぇとか、ありえねェだろ」

などと、さんざん毒を吐いた後、ギロリとホブゴブリンを睨む。

「おい、ここから南にまっすぐ進めば、お前らの地下迷宮に辿り着く。急いで、主《あるじ》に警告しろ。敵は神話に語られる怪物どもだ。各階層の守りを固めろってな」

「おまえ、地下帝国の関係者なのか？」

ひょっとしたら、アルアークかハルヴァーが送った援軍かもしれない。だが、セレスは首を横に振った。

「いいや、関係者じゃない」

女は自分のことを話し始める。

「ついでに言うなら、味方でもないし、敵でもない。今のところは……、中立だ。けど、聖王国にはかなりムカついているからな。聖王国が嫌がることは、喜んで協力させてもらう」

そして、ニヤリと不敵な笑みを浮かべる。

よく笑う女だ、とホブゴブリンは思った。

人間の笑みは、ホブゴブリンのガースにとって、あまり気分の良いものではない。しかし、彼女のそれは不思議と不快ではなかった。その理由まではわからなかったが、相手が敵でないのならばそれでいいと、ゴブリンらしく簡単に考えることにした。

「まあ、近いうちに行こうとは思っているぜ。だけど、その前に滅ぼされてしまいました、なんてバカなオチをつけないでくれよ」

セレスは毒々しい色に染まった髪を揺らしながら、ガリッとリンゴを齧《かじ》る。

「感謝するぜ。今度会ったら、礼をする」

と、ガースは自分で言って驚いてしまった。

ゴブリン族の自分が人間に礼を述べるなんて。

少し前なら想像もつかないことだが、何故か自然と感謝の言葉が出てきたのである。

仇《あだ》には仇。

恩には恩。

復讐の誓いを掲げるアルアークとハルヴァーの考えが、いつの間にか末端のホブゴブリンであるガースにまで行き届いていたらしい。

政治家としては欠点の多い兄妹だが、その天性のカリスマ性——影響力は他に類を見ないほど優れている。

恐るべき指導者《カリスマ》である。

セレスは「今度会ったら礼をする、か。楽しみにしている」と軽く応じ、またハンモックに揺られてガリガリとリンゴを齧った。

その後、ホブゴブリン達は、セレスに言われた通りに南へ進み、地下帝国に通じる出入り口の一つを発見した。

暖かい我が家に帰った子供のように、目に涙を滲ませながら、ガースは地下迷宮に帰還し、ハルヴァーに危機が迫っていることを伝えるのだった。

第三章　地下帝国とカイルの仲間達

命からがら地下迷宮に戻ったホブゴブリンのガース。

彼の報告を聞き、ハルヴァーは地下迷宮の守りを固めて、向かい来る敵の正体を探ることにする。

エルフの正体を突き止めるのは難しくはなかった。

ホブゴブリンの兵団を単騎で退けることを可能とする英雄——、それも聖王国側に味方するエルフとなれば、その数は絞られるからだ。

調査の結果、エルフの正体は元勇者カイルの仲間であると判明した。

そのため、堕ちた勇者カイルは「王の間」に呼び出された。

今、その王座に座っているのは、ハルヴァー一人だけである。

もう一人の支配者アルアークは、傷を癒しているからだ。

ハルヴァーの他には、悪魔を宿した少女シアや暗殺集団〝黒蠅《スカニゲルム》〟の長ルガル、アルアークの友人である闇商人テオドール、妖魔の隊長達、人の姿をした魔物《ユニーク・モンスター》の一部などが集まっている。

「カイル」

性別も種族も超え、誰であろうと魅了せずにおかない声音で、ハルヴァーは元勇者の名を呼ぶ。

「ハッ」

闇に堕ちた勇者は忠実な騎士の如く、膝を折って応えた。

「ガースが見たというエルフの娘は、君の仲間らしいけど、間違いないかな？」

「間違いございません。娘の名はソレイユと言います」

「ソレイユかぁ～。たしか、古《いにしえ》の言葉で『太陽』を意味するんだよね？」

「はい」

「さて、カイル。どうやら今回は、聖王国が先手を打ったみたいだ。私達はこの侵略者達を排除するつもりだけど、君との約束も忘れてはいない」

ハルヴァーは艶のある黒髪を弄《いじ》りながら、邪悪な笑みを浮かべて語る。

「君の仲間は助けよう。いや、君の仲間達と言った方がよいよね？」

カイルの仲間は全部で五人。

エルフ、ドワーフ、鍛冶師、盗賊、聖騎士である。

「当然だけど、説得は君にやってもらうよ。全員こちら側に堕としてね」

「仰《おお》せのままに」

「まあ、その前に捕らえなきゃいけないよね。ガースの話によれば、何やら細工をされているみたい……、ん？　この音は？」

氷にひびが入るような音が「王の間」に響く。音を立てているのは、空中に浮かぶ無数の水晶球だった。

地下の様子を映し出す水晶球。

その表面が突如としてひび割れ、真っ白な光と共に爆散《ばくさん》する。

「ハルヴァー様！」

降り注ぐ水晶球の欠片からハルヴァーを庇《かば》うため、シアとルガルは身を挺《てい》して盾となろうとした。

しかし、その必要はなかった。

「――妨害《ディスターブ》、消滅《ノイハーゼ》の闇」

地下帝国の君主ハルヴァー自身が魔法の言葉を唱えた瞬間、水晶球の欠片はすべて黒い塵となって消えてしまったからである。

「キシシ、こりゃどういうことだ？」

闇商人のテオドールが独特の笑い声を上げながら問いかけた。

豪華な衣装を纏《まと》ったこの闇商人は、地下帝国に大量の食料や武器を運んでいる顔役であると同時に、地下帝国を統べるアルアークの友人でもある。

「どうやら敵の攻撃らしいね。『目』を潰されたみたいだ」

ハルヴァーは、敵ながら感心したとばかりに言う。

「先日、勇者と一緒に侵入した奴の仕業か？」

テオドールの疑問に、ハルヴァーは答えた。

「う〜ん、たぶん違うと思うよ……。前回、敵は地下迷宮の『目』を潰すことはせず、兄様《にいさま》と私に気づかれないように動いていた。今回の相手はそこまで器用じゃないみたい」

「ハルヴァーちゃん、侵入者の狙いもわかるかい？」

地下帝国に属する者の中で、ハルヴァーのことをちゃん付けで呼ぶのは、この闇商人ぐらいのものである。ハルヴァーは特に気を悪くした様子も見せず、推測を口にした。

「地下迷宮の『目』である水晶球を潰したってことは、……地下迷宮に支配者がいるという情報を掴んでいる証明に他ならない。なら、そんな敵が狙う物も明白だね」

地下迷宮の化身である彼女は自分の弱点もよく理解している。

「敵の狙いは迷宮核《ダンジョン・コア》と秘宝だよ」

心臓に当たる迷宮核《ダンジョン・コア》、さらには手足に等しい秘宝、元は五つであったが、一つがモニカに奪われているため、今は四つである。

これ以上、それらを奪われるわけにはいかない。

ハルヴァーは「王の間」にいる十体の特別な魔物達《ユニーク・モンスター》に、地下帝国の秘宝を守るように命令した。

「〝骸骨卿《スカル・ロード》〟〝疫病卿《プレーグ・ロード》〟は第一階層の守護」

髑髏《どくろ》仮面をつけた妙齢《みょうれい》の女騎士〝骸骨卿《スカル・ロード》〟とボロボロのフードを被った小柄な魔法使い〝疫病卿《プレーグ・ロード》〟は恐れるように頭を下げて、第一階層に向かう。

「〝海魔卿《クラーケン・ロード》〟〝道化卿《クラウン・ロード》〟は第三階層の守護」

第二階層の秘宝はモニカに奪われていた。

そのため、守りは必要ない。

蛸《たこ》と烏賊《いか》が混じり合った化け物のような兜をつけた貴族〝海魔卿《クラーケン・ロード》〟と道化師の面をつけた少女〝道化卿《クラウン・ロード》〟は恭《うやうや》しく一礼して持ち場に向かう。

「〝拷問卿《トーチャー・ロード》〟〝指輪卿《リング・ロード》〟〝流血卿《ブラッディ・ロード》〟は第四階層の守護」

白い外套《がいとう》を纏《まと》った病的な顔立ちの中年の男性〝拷問卿《トーチャー・ロード》〟、茶色の外套で顔を隠している老人〝指輪卿《リング・ロード》〟、真紅の外套を纏《まと》った猛禽《もうきん》のような顔立ちの壮年の男性〝流血卿《ブラッディ・ロード》〟は深々と頭を下げて、迷宮都市へと移動する。

「〝交易卿《マーチェント・ロード》〟〝奴隷卿《スレイヴ・ロード》〟〝放浪卿《ワンダー・ロード》〟は第五階層の守護」

ふくよかな体型の豊満《ほうまん》な中年女性〝交易卿《マーチェント・ロード》〟、ハルヴァーを小さくしたような享楽的《きょうらくてき》で残忍な黒髪の美少女〝奴隷卿《スレイヴ・ロード》〟、明るく元気そうな金髪ポニーテールの美女〝放浪卿《ワンダー・ロード》〟はお辞儀《じぎ》をした後、慌ただしく退出した。

地下迷宮には五十体の特別な魔物《ユニーク・モンスター》が存在するが、彼ら十体はロード種と呼ばれる存在である。魔法帝国の貴族達の魂を素材に作り出した人型の魔物で、地下帝国の管理人でもあった。

魂なき死体を司《つかさど》る〝骸骨卿《スカル・ロード》〟。

衛生管理を任されている〝疫病卿《プレーグ・ロード》〟。

地下水脈を維持する〝海魔卿《クラーケン・ロード》〟。

行事を立案し実行する〝道化卿《クラウン・ロード》〟。

罪人を管理する〝拷問卿《トーチャー・ロード》〟。

財政を預かる〝指輪卿《リング・ロード》〟。

地下交易を取り仕切る〝交易卿《マーチェント・ロード》〟。

奴隷を監督する〝奴隷卿《スレイヴ・ロード》〟。

冒険者達との交渉を行う〝放浪卿《ワンダー・ロード》〟。

そして、彼らロード種を束《たば》ねる〝流血卿《ブラッディ・ロード》〟。

特別な魔物《ユニーク・モンスター》の中でも、特に強力で頭の良い十体の魔物である。地下迷宮の妖魔や魔物、罠を上手く使って迎撃してくれるだろう。

しかし、それはあくまで普通の兵士に対して有効なだけであり、英雄という存在には通用しない。

勇者や英雄と呼ばれる輩相手に、多数で挑んでも足止め程度にしかならない。

「さて、私も迎撃に出るかな。『目』は潰されているけど、大まかな位置はわかるから……って、
ああ、これは少し不味《まず》い」

「どうされたのですか？」

シアが主を心配して尋ねた。

地下迷宮の化身たるハルヴァーが珍しく苦い顔をしていたからである。

「侵攻用に開いた出入口は全部で五つ……、敵はその五つの口から、別々に入って来たみたいだけ

ど……。まいったなぁ、人じゃないモノを引き連れている」

ハルヴァーは侵入者達の中に、人ではない存在の気配を感じ取っていた。

地下迷宮の設備や魔物は、基本的に対人用なのだ。

「こりゃ、私一人じゃ手が足りないね。みんな、力を貸して」

その場にいた全員が平伏する。

状況次第では命を失うかもしれないが、この場にいる者達は皆、喜んで地下迷宮の支配者達のために命を懸ける狂信者ばかりであった。

＊　＊　＊

第一階層は、地下遺跡のような構造になっている。

この階層の守護に割り当てられた通常の魔物はさして強くはない。

一般人にとっては危険だが、ある程度戦い慣れた人間ならば、さほど苦労せずに倒せる卑小《ひしょう》な存在である。

仕掛けられた罠も緻密《ちみつ》ではなく、駆け出しの盗賊であっても十分解錠《かいじょう》できる代物だった。

その分、見返りは少ない。

地下迷宮を創造した当初はそれなりに価値のある物が置かれていたが、今では僅かな金貨や傷ついた宝石に置き換えられている。

元冒険者であるデリトの助言により、入れ替えたのだ。

地下迷宮の呪いのため、たとえアルアークとハルヴァーであっても、宝を納めた部屋「宝物庫」の存在は消し去れないが、中身を入れ替えることなら可能であった。

冒険者達の多くは、ここ第一階層で戦いの腕を磨きながら、小銭を稼いでいる。

彼らはより強くなり、より価値のある財宝を求めて、地下に潜っていくのだ。

ここへの侵入経路が一つではないように、地下二階に下りる階段も無数に存在した。

冒険者達は日夜、都市ベンドールの酒場で情報交換を行っているが、地下迷宮に深く潜《もぐ》るための正しい進路は未だに明かされていない。それというのも、暗殺集団〝黒蝿《スカニゲルム》〟の一部が、冒険者達に混じって誤情報をばら撒いているからである。

真偽を確かめるには、自ら地下迷宮に下りていくしかない。

初心者がまず辿り着くのは、第一階層の地下遺跡だが、今は聖王国が送り込んだ一匹の怪物がここを行軍していた。

近づくだけで凍りつくような冷気を漂わせた白竜《ホワイト・ドラゴン》である。

真っ白で滑《なめ》らかな鱗、蒼白く光り輝く瞳、口からは蒼く燃える炎が漏れていた。歩くだけで地響きが鳴り響く巨体を持つドラゴンが、背の翼を大きく広げる。

いかに巨大な地下迷宮といえども、さすがに許容範囲を超えたのか、僅かに壁や天井が破壊された。

《《ギャァアアア――――――!!!!》》

ドラゴンの咆哮が地下遺跡に響き渡る。

気の弱い者なら心臓を止めてしまいそうな威圧感に、第一階層の魔物は尻尾を巻いて逃げ出してしまう。

ソレイユの時と同じく、この白竜を意のままに操る媒介《ばいかい》として、ある者が用意されていた。

その名はヴィレット。勇者の義妹である。

薄紅色の短髪に黒水晶のような瞳。少年とも見紛《みまが》う体つきの少女であり、勇者カイルと血の繋がりこそないが、生まれた時から一緒だった。

ヴィレットは別名〝鍵の姫〟と呼ばれており、カイルの仲間として今まで幾多《いくた》の罠や宝箱の解除を行ってきた。しかし、竜を操るような特技は、持ち合わせていない。

「……カイルおにいちゃん、どこ?」

輝きを失くした瞳で、ポツリと呟く。

今の彼女は、完全に聖王国の操り人形である。

操っているのは、聖マウグリスト騎士修道会二番隊だが、彼らはこの場にいない。

地下迷宮の秘宝を探すために散開したからだった。彼らが秘宝を探索する間に、この地下遺跡を蹂躙するようにと、ヴィレットと白竜は命じられている。

地下迷宮の探索ではなく、蹂躙である。

目につくものは、魔物だろうが冒険者だろうが関係なく蹴散らす。

財宝すらも例外ではない。

しかし、アルアークとハルヴァーの魔力に支えられた地下迷宮は頑丈に造られていた。普通の地下迷宮であれば簡単に潰れてしまう衝撃にも耐えられる。

ただ、今回はそれが仇となっていた。白竜がどれだけ暴れようとも、地下迷宮が崩れ落ちて下敷きになる心配がないのである。

だから、白竜は暴れに暴れた。

そこへ、地下迷宮の妖魔達が白竜を仕留めようと集まって来る。

「強制進化の祭壇」により、オークから変異した新たな戦闘種族ベルゼグだ。

その数、およそ八十体。

筋肉隆々とした体はオークであった時のままだが、肌の色は緑色から薄茶色に変化している。頭に生えた二本の角は取れてしまったものの、代わりに下あごから鋭い二本の牙が生えていた。

彼らは投擲用の投げ斧《フランキスカ》と投げ槍《ジャベリン》で武装しており、白竜を見るなり、まるで狩りでもするように四方八方から強襲をかける。

〈〈ギャァアアアアアアアアアアアアア————!!!!!!!!〉〉

先程よりもいっそう大きな叫び声が響き渡る。

戦闘種族ベルゼグが放つ武器には、暗殺集団〝黒蝿《スカニゲルム》〟が使う猛毒をたっぷりと染み込ませている。

白竜は硬い鱗を貫かれ、吹雪を吐き出すように冷たい炎をまき散らすが、ベルゼグ達は素早く遺跡の陰に身を隠してしまう。

彼らベルゼグは、オークのような戦闘種族であり、恐るべき狩猟民族でもあった。

第三階層の試練を超え「強制進化の祭壇」で力を得た後も、休むことなく地下帝国の魔物相手に狩りを続けており、その腕を磨いている。

「アルアーク様、ハルヴァー様ノ為《ため》に」

ベルゼグの狩猟部隊長はそう呟き、遺跡の陰から飛び出して止めを刺そうとした。

その瞬間。

【――攻撃《アタック》、死滅の雹《ヴォパール》】

白竜はしわがれた声で魔術を行使する。

「!?」

魔法により生み出された巨大な氷の雹《ひょう》――いや、数メートルにも及ぶ氷柱《つらら》がベルゼグ達に降り注いだ。バタバタとベルゼグ達が倒れていくのを見ながら、白竜は再び魔法を唱える。

【――治癒《ヒーリング》、解毒《チェルト》】

毒を癒すと、白竜は口許にニタァと笑みを浮かべた。

先ほどの絶叫は、いかにも知性のない獣と見せるための演技であったのだ。

【愚かな妖魔どもだねぇ、あたしは創世の時代から生き続けている偉大な竜王の一人だよ。お前らごとき狩人の小細工が通じるとでも思ったのかい？】

自分が行った小細工を棚《たな》に上げて、白竜は老獪《ろうかい》な老婆のように語った。

そして、冷たく凍りついた地下遺跡を見渡しながら、まだ隠れているベルゼグ達に告げる。

【あたしを倒したいのなら、この迷宮の主を出しな！　それとも、まだ隠れているつもりかい？それでも別にいいけどね。ただし、あたしは好き勝手に暴れさせてもらうよ！】

竜は再び咆哮を上げ、近くにいたベルゼグをペロリと食べてしまった。

放っておけば、この竜は目につくものをすべて破壊し、食べ尽くしてしまうだろう。

だが、地下迷宮側が対処すべき問題は、この竜以外にもまだまだ存在した。

＊　＊　＊

地下迷宮第二階層。

地下迷路として創造されたこの階層は、無数の通路が入り組んだ造りになっていた。

ここを突破するには、適度なバランスのチーム編成が必要となる。人数が多すぎれば移動すら難しく、少なすぎれば探索が進まない。

第一階層で、ある程度の腕を磨いた冒険者チームが挑むべき場所だった。

この階層にも、聖王国の手が伸びていた。

場所は、第二階層「癒しの間」である。

この部屋には、部屋全体に体力を回復させる呪式が施されていた。

室内の四隅に雄山羊《おすやぎ》を模した石像が配置されている。その石像の口からは、地下水が滝のように流れ落ちており、冷たくひんやりとした水で喉を潤せるようになっていた。そのためこの場所は、冒険者にとっても魔物にとっても、憩いの場なのだった。

しかし――。

「破壊しなさい」

勇者カイルの仲間、鍛冶師の娘リーエルトが虚《うつ》ろな声で命じる。

その命に応じて、彼女の後ろに奇怪な外見の何者かが出現すると、巨大な大鎌を振るった。

鎌が触れた瞬間、石像は木っ端《こぱ》みじんに砕け散る。

水が流れの方向を失ってデタラメに溢れ出す。リーエルトの頬を濡《ぬ》らすが、彼女は気にする様子もない。

〝聖剣と魔剣の作り手〟という異名を持つ娘。

空色の瞳に薄茶の髪、ソバカスが少しある。

他の勇者の仲間達と比べれば、一番地味な容姿の娘だ。以前、邪教団に誘拐されたところをカイルに救われて以来、彼女は勇者のことを想い続けていた。

その異名の通り、彼女は超一流の鍛冶職人である。

武器や防具はもちろん、装飾品も、最高の品々を作成できる。その名声は、聖王国は言うに及ばず他国まで轟き渡っており、彼女の作る品々は破格《はかく》の値段で取引されていた。

また、メイスと呼ばれる打撃系の武器を取らせれば、彼女は一流の戦士にもなる。

しかし今の彼女には、自身の戦闘能力を遥かに凌駕《りょうが》する化け物が憑依《ひょうい》していた。

その化け物とは、一言で言えば、――死神。

黒いフードを着た骸骨で、手に巨大な大鎌を携えている。

死者の命を狩ると言われる異教の神だが、それが彼女に憑《と》りついているのだ。

彼女が通って来た道には、死神の鎌にかかった無数の魔物が倒れ伏している。

迷宮に潜むワニ《ダンジョン・アリゲーター》、恐るべき怪力を誇る灰色熊《グリズリー》、凄まじい数で動く疫病ネズミ《プレーグ・ラット》、これらを始めとする動物系から、異界の生命である下級悪魔《レッサー・デーモン》、人工的に作られた命である粘液生命体《スライム》、獅子と山羊の頭に蛇の尾を持つ異形の怪物《キマイラ》など、生命の理《ことわり》から外れた存在の命まで刈り取っている。

『――命、魂、迷宮、素材、略奪』

カカッと骸骨は楽しげに笑う。

すべては自分のモノだ、と言わんばかりだった。

今や信者が激減し、忘れられた神である。そのため、信者から信仰心を捧げられず、存在そのものが消えようとしていた。自らを支える力を得るには、生きとし生けるものすべての命を断って力とするしかない。

死神は、そう考えていた。

いや、ひょっとすると、信者がいた時から、自分に付き従う者達の命を喰らっていたのかもしれない。

遠い昔の記憶を失い、力も衰えたとはいえ、神であることに違いはない。

死神は少女リーエルトの体を借り、その生命を削りながら、己の権能を十二分に奮う。

すべての命に死を――。

と、死神は笑う。

リーエルトは、自分に憑依した死神が何をしようと我関せずで、ただ唯一の目的のために迷宮を彷徨《さまよ》った。

愛する勇者カイルを探して。

彼女と共に第二階層に降りた聖マウグリスト騎士修道会の第三部隊――彼らもまた、第二部隊と同じく地下迷宮の秘宝を探索していた。

だが残念ながら、それが無駄骨《むだぼね》であることを彼らは知らない。

第二階層の秘宝は、すでにモニカにより奪われていたからである。

そう、その秘宝こそ、「地下迷宮の書」。

アルアークがその腕を奪われるほどの消耗戦を強いた秘宝はもう、この階層には存在しないのだ。

「カイル……、どこ？」

少女の呟きは、地下迷宮の闇に溶けていく。

地下迷宮の秘宝と同じく、ここには勇者もいない。

その代わりに、別の者が立ちふさがることになる。

＊　＊　＊

第三階層――それは地底に生み出された密林である。

ガース達を蹴散らしたエルフの娘ソレイユと聖マウグリスト騎士修道会の第五部隊は白竜や死神と同じように、この第三階層の密林地帯を荒らしていた。

荒々しい精霊神である巨神は腕の一振りで木々を薙ぎ払い、沼地を沸騰《ふっとう》させた。

アルアークが呼び寄せた動植物や虫が次々と死に絶えていく。

残されたのは、破壊の爪跡だけである。

「ソレイユ殿、この調子です。地の底を照らし出し、勇者殿を見つけましょう！」

第五部隊の長は、嫌らしく顔をひきつらせながら、エルフの乙女ソレイユに語りかける。

〝太陽の巫女〟と言われるソレイユは、隊長の声に従い、巨人の如き力を誇る精霊神を操った。

大いなる精霊神は無言のまま、口を開くことはない。

それもそのはず。巨大な力を持つとはいえ、意志はないのだ。

風が吹くように、水が流れるように、ただそこに存在するのみ。

何者かの意志が介在しなければ、それはどこまでも無害な存在である。だがしかし、今は精霊神を操る者がいた。

それはエルフの娘ソレイユ。

実際に背後で糸を引き指示を出しているのは、聖マウグリスト騎士修道会第五部隊の隊長である。

「偉大なる聖神よ！　万軍の神よ！　天と地に栄光を！　アナタの僕《しもべ》に勝利を！」

恍惚《こうこつ》とした表情を浮かべ、隊長は自らの崇める神に祈りを捧げる。

それに応えるように、精霊神は炎の腕《かいな》を振るった。

その暴挙を止める者はいない。

地下密林が破壊される様子を見ながら、小悪魔ギーは主のシアに報告する。

「ギィ〜ス、シア様……、発見しました〜」

できる限り小さな声で、ボソボソと呟く。

ギーも元は至高階級悪魔《アーク・デーモン》とはいえ、今は最下級小悪魔《グレムリン》なのだ。

精霊神が一撃を放てば、容易に消し飛んでしまうだろう。

しかし、シアの持つ「不死」の異能を共有しているため、おそらく死ぬことはない。

それがギーには心の底から恐ろしかった。

死ぬほどの傷を受けても、生き続けるなど、耐えられない！

「ギィ～ス、了解だぜ～、このまま、監視を続けま～す。けど、シア様、オレ様って、マジで忠実なる下僕《げぼく》の鑑《かがみ》じゃないですかぁ～？　え？　戻ったらご褒美《ほうび》にお菓子くれるんですか……。う、うぁ～い、嬉しいなぁ～。でも、どっちかって言うと、自由の方が……、すいません。黙ります。黙って命令を実行します」

ギーは口にチャックをするように小さな手を動かし、精霊神である巨神を見た。

すると、強大な威圧感を放つ巨神と目が合ってしまう。

（や・ば・い！）

尻尾をビーンッと伸ばすと、ギーは一目散に逃げ出した。

無論、巨神は見逃さない。

燃え盛る炎がギーの後方から迫り、この小悪魔の体を焼き尽くした。

＊　＊　＊

そして、第四階層。

別名、迷宮都市。

人と妖魔が交わる地であり、君主が住まう居城のある階層だが、ここにも恐るべき存在が顕現していた。

双つの鷲《わし》の頭を持つ巨大な悪魔である。

背に生えた漆黒の翼を羽ばたかせながら、地の底に住む者達を見下ろしている。

その肩には、小柄なドワーフ族の少女を乗せていた。

「ククケケ、天界魔界を荒らし回った兄妹の居城にしちゃ、ずいぶんとちんけな代物だ」

「ケケクク、所詮《しょせん》は人間、たいしたことはない」

左の口から男の声、右の口からは女の声。双つの鷲頭を持つ巨大な悪魔は一人二役なのだ。地下帝国を嘲《あざけ》る言葉を吐くこの悪魔は、当然ながら地下帝国に属する者ではない。

元は砂漠の神であった。

死神とは違い、崇拝者は今もいるが、その信仰は聖神教会の台頭《たいとう》により邪教と認定されている。

そのため、今は魔王と呼ばれる存在となっていた。

肩に乗せているのは、これまたカイルに想いを寄せるドワーフの少女である。

名はネージュ。何年か前に彼女の住むドワーフ王国の国難をカイルに救われ、その恩義に報いようと仲間に加わった。その後、紆余曲折《うよきょくせつ》を経てカイルに恋するまでになったのだが、他の者達と同じく、今は聖王国の傀儡と化している。

「どこにいるのじゃ、カイル……」

ネージュはそう呟きながら、旧文明の遺産である「小銃《ライフル》」という武器を構えた。

エルフとドワーフの国では、こうした旧時代の産物が多く見つかるのだが、ネージュが手にした武器は中でも特に保存状態が良く、今も十分に実戦に耐えうる。

撃ち出される弾丸は、ミスリル製の鎧も貫通するほどの威力を有しているのだ。

そこでついた仇名《あだな》は〝黒鉄《くろがね》の狙撃手《そげきしゅ》〟。ネージュは勇者の敵を排除する弓兵の役目を担っており、狙撃の名人である。

「まあいい」

「腰抜けの同胞に代わり、我らが魔界の恐怖を教えてやろう」

などと言いながら、双頭の悪魔が、魔法を唱え出す。

「――平和《リシェス》もなく、休息《ラフシェス》もなく、許しもない《ネーシャス》」

「――あるのは苦しみだけ《エルプサイグロム》」

人間の場合、「攻撃」「守護」「治癒」といった言葉が必要不可欠だが、上位の悪魔達ともなれば、詠唱を短縮できる。

短い呪文とはいえ、都市を壊滅するだけの力が込められているのだ。

地の底に雲が呼び出され、雨が降り注ぐ。

当然、ただの雨ではない。

すべてを溶かす酸の雨《アシッド・レイン》である。暴風雨がごうごうと吹きすさび、地の底に建てられた家も、砦も、城もドロドロに溶かしてしまう。

この双頭の悪魔の名はイスホベル。

司るのは、審判、破壊、矛盾《むじゅん》である。

「クケケケ、崩れ落ちろ！」

「ケククク、固い岩も砂となって消え失せるがいい！」

しかし悪魔の哄笑《こうしょう》は、長くは続かない。

何故なら、迷宮都市には彼と同じ力を持つ存在がいるからだった。

「馬鹿笑いもその辺でやめたらどうだ？」

狼のような獣の手を持つ青年がイライラした口調で横槍を入れる。

「ほんと、ボクらまで品がないみたいに見える」

エルフにも似た尖った耳の褐色肌《かっしょくはだ》の少年が、悪魔をからかうように言った。

「まあまあ、所詮は辺獄の田舎悪魔のやることです。笑って許してやりましょう」

羊の角を生やした老紳士が穏やかに告げる。

この三者は全員、背に真っ黒いコウモリの翼を生やし、迷宮都市の上空を飛んでいた。

双頭の悪魔イスホベルが降らせた酸の雨は、彼らの出現と同時に雲散霧消《うんさんむしょう》してしまう。

「クケケケ、貴様ら……、名もなき悪魔のくせに！」

「ケククク、一〇一二柱の王の一角である私達に逆らうと言うのか？」

イスホベルは怒気を含んだ声でののしるが、三悪魔はどこ吹く風である。

何故なら――。

「アハ、とりあえず、一匹！」

なぜならそこへ、悪魔よりも恐ろしい地下帝国の君主の稲妻のような一撃が振るわれて、イスホベルの体を一刀両断したからであった。

＊　＊　＊

その頃、地下迷宮の外では、モニカがぴょんと飛び撥《は》ねた髪を揺らしながら、「地下迷宮の書」をペラペラとめくっていた。

書物には、地下迷宮の現在の様子が事細かに記され、刻々と変化していく。

ハルヴァーが地下迷宮の内情把握のために頼りとしているのは水晶玉だが、それ以上に「地下迷宮の書」は有力だった。もし今もこれが地下帝国側にあれば、聖マウグリスト騎士修道会の動向など、いとも容易く掌握されてしまっただろう。

そうした意味で、モニカは聖王国の味方をしたと言える。

だが逆に、聖王国君主が探している物の在《あ》り処《か》が「地下迷宮の書」に記されていることを知っていながら、それを聖王国側に伝えていないモニカは、地下帝国に味方しているとも言えた。

「お互い、いい感じで喰い合っていますねェ～」

蒼い眼に冷たい輝きを宿しながら、モニカは笑う。

普段見せているあどけない笑みではない。

蟻《あり》同士の戦いを見下ろす子供のような、無邪気だけれども冷えきった笑みだった。

それからまた、「地下迷宮の書」のページが揺らめき、情報が更新される。

「へえ、一柱イスホベルを一撃スか～。やっぱり、化け物じみていますねェ。しかし、今回は相手も化け物ですよ」

モニカが面白がっているうちに、「地下迷宮の書」のページには新たな文字が刻み込まれていく。

＊＊＊

双頭の悪魔イスホベルを瞬殺したハルヴァーの服装は、いつも身に纏《まと》う闇色の衣ではない。

その華奢な体に見合った戦装束である。

未成熟な胸も、細い腰も、折れそうなほど細い腕や脚のラインも良くわかる全身鎧に身を固めている。

それは、天界の金属《オリハルコン》で鍛えられた黄金の鎧だった。ハルヴァーはこの鎧の下に至高なる銀《ミスリル》で織られた鎖帷子《チェインメイル》を着ている。

兜の代わりに、大粒の紅石《ルビー》を埋め込んだ黄金の王冠《ティアラ》を戴《いただ》き、金剛石《ダイヤモンド》を鏤《ちりば》める耳飾り《イアリング》、悪魔の顔を模《も》した黒い首飾り《ネックレス》、さらにすべての指には色とりどりの指輪を嵌めた。

その姿は、戦女神のように美しい。

ハルヴァーは漆黒の髪をなびかせながら、双頭の悪魔イスホベルの肩から落ちていくドワーフの少女に手を伸ばした。

カイルの仲間である女達は彼に引き渡す。

それがカイルとの約束だったからだ。

正義や善を信奉《しんぽう》する輩は、必要とあればいくらでも誓いや約束を破る。

それをハルヴァーは――、そして、アルアークも嫌というほど知っていた。

ハルヴァーは邪悪ではあったが、彼らとは違い一度交わした約束は必ず守る。

「つかまえ……」

「――起動《アクティブ》、代償なくして勝利なし《コステェスヴィートリア》」

ドワーフの少女ネージュはカッと目を見開き、淡々とした口調で定められた合言葉《キーワード》を唱える。

その瞬間、双頭の悪魔が再び顕現した。

悪魔や天使は、基本的に不死の存在である。たとえこの世界で滅び去ったとしても、それは一時的なものであり、時間をおいて魔法で召喚すれば再生できるのだ。

しかし、これほど短時間で再召喚を行うなど――、人間にはもちろん、魔法に疎《うと》い大地の妖精族には不可能なはず。にもかかわらず、ドワーフの少女はそれを成し遂げてしまった。

どういうからくりなのか。ハルヴァーが考えるよりも前に敵が襲いかかってきた。

「クケケケ、いきなりやってくれたなぁ！」

「ケククク、倍にして返すぅ！」

双頭の悪魔が力強く黒い翼を羽ばたかせながら。

＊　＊　＊

さらに迷宮都市より下の第五階層。

ここには地下帝国の秘術が納められ、様々な実験が行われていた。

この階層に攻め入ったのは、元聖堂騎士のアルメをはじめとする一団である。

アルメもまたカイルを想う最後の仲間なのだ。

そのアルメと共にやって来たのが、聖マウグリスト騎士修道会の第一部隊、すなわち精鋭中の精鋭、一番の手練《てだ》れ達である。

彼らもまた、秘宝を探し出すために四方八方に散っていた。

よって、アルメとカイルの邂逅《かいこう》を邪魔する者はいなかった。

「……アルメ」

「カイル！」

このアルメこそ、デリト達が妖魔の森で目撃した女性である。

腰の辺りまで伸ばした艶のある栗色の髪、少し太目の眉、エメラルドのような碧色の瞳が印象的な美女。メリハリのきいた体つきで、白い革鎧も彼女のボディラインに沿うように、オーダーメイドで仕立てたものだった。

アルメは優雅で洗練された動作でカイルに近づき、腰から細剣《レイピア》を引き抜くと、問答無用で鋭い突きを放つ。

〝烈風の〟アルメと言われるだけのことはある。

彼女は細剣《レイピア》の達人であり、奇跡の使い手なのだ。

シアやフランディアルと同じく、ありとあらゆる魔法を無効にする「魔力消滅」の異能を、生まれながらに有している。

(これは……、魔法による洗脳とは別の力によるもの……!)

アルメの攻撃を素手で受け止め、カイルは心の中で呟いた。

この世界には様々な神秘が存在する。

魔法と奇跡の二つが有名だが、それ以外にも知られざる力があるのである。たとえば、地下迷宮の支配者達が使う権能もその一つと言えた。

カイルの血が細剣《レイピア》を赤く染めるが、アルメはニコニコと嬉しそうな笑いを崩さない。

「カイル君、どうしたの？　どうして避けるの？　私のこと嫌いになった？」

病んだ目で問いかけるアルメを、カイルは必死に説得する。

「アルメ、聞いてくれ……、俺は決めたんだ」

相手に聞く意思がないとしても伝えねばならない。

堕ちた勇者は胸の内を告白した。

「俺は決めたんだ。君達全員を幸せにする、と」

その台詞を耳にしたアルメはいっそう愛らしく微笑み、「処刑」と、冷たい声で言った。

すると彼女の背後から、恐るべき存在が出現した。

七対の純白の翼、十四の腕と七つの顔を持つ異形の天使である。

顔はのっぺりとして、ただ白いばかり。目も鼻も耳も存在せず、唯一あるのは不気味な口だけだった。引き締まった中性的な体つきをしており、全身からは薄い光のオーラを放っている。身を隠すように纏《まと》った法衣《トーガ》。十四の手にはそれぞれ、本、小槌《こづち》、聖印、杭、鞭《むち》、杯、天秤《てんびん》、小枝、鍵、槍、羽ペン、蠍《さそり》、小麦、喇叭《らっぱ》を持っていた。

その天使の名をカイルは知っていた。

「聖神に仕える七百七十七翼が一翼にして、天界の弁護士、そして検事であり裁判官……、〝死による贖罪《しょくざい》を与えし翼〟アザナルド」

カイルがその名を口にすると、七つの顔を持つ天使が次々と応えた。

『その通りだ。聖なる使命を授《さず》かりし人の子よ』

『汝、その使命を放棄した罪により』

『我らは汝を裁く』

『異議ありや？』

『なければ、首を差し出すがよい』

『あるのならば、剣を構えて抗《あらが》うがよい』

『すべては、偉大なりし聖神の手の中に……』

心に響く天使の声を聞きながら、カイルは迷わず二本の剣を抜き放つ。

「応！　異議はある。もはや世界に正義はない！」

カイルはそう叫び、天使長に斬りかかった。

だが、〝烈風の〟二つ名に恥じない素早い動きでアルメが割って入る。

「カイル君、どうして？　どうして、私一人を選んでくれないの？　みんな一緒が良いなんて……、ずるい、ずるいよ！　――処刑、――処刑、――処刑！！！！」

そして目にも止まらぬ三連突きを見舞う。カイルはこれを二つまで捌いたが、最後の一突きが胸に吸い込まれていく。

「――――！！！」

心臓に突き刺さった刃を凝視して、勇者はガクリと崩れ落ちる。

「カイル君……、私もすぐに逝《い》くからね」

涙を流しながら、アルメは小さな声で呟いた。

＊　＊　＊

地下帝国に侵攻した聖王国の手勢は、これで全てである。

対する地下帝国側はアルアークが休んでおり、終末の騎士テェルキス達やゴブリンの王プルックやその息子達、グラッドやガラグなども不在という手薄な状況にあった。

それでも、闇の皇女ハルヴァーを中心に地下帝国側も反撃を開始する。

人知れず、地下帝国の防衛戦が始まった。

第四章　地下帝国の防衛戦・前編

アルアークは己の傷を癒しながら、忌まわしい記憶を追体験していた。

魔法帝国が滅びた日に、その目で目撃した数々の出来事。

その記憶がまざまざとよみがえったのである。

聖王国、ロナン王国、ベティア帝国、商業国家キレトス、そして、祖国を裏切った一部の貴族達の軍勢により、魔法帝国アルティムーアは完膚《かんぷ》なきまでに破壊されていった。

村も、砦も、都市も蹂躙され、軍靴《ぐんか》が鳴り響く街道には――、魔法帝国の貴人達や同盟関係にあった妖魔達の死体が山のように積み上げられ燃やされた。

「……」

「皇子！　アルアーク皇子！　此処《ここ》はまだ危険です。早く逃げませぬと！」

魔法帝国の宰相《さいしょう》にして、アルアークの魔法の師である老人が必死に喉を嗄《か》らす。

だが、アルアークは己が国の滅びゆく光景を見つめるのみだった。

強大なる魔法帝国が滅び――、消えゆく瞬間を。

千里眼《せんりがん》の魔法を駆使し、これから国がどうなるか、その姿を余さず目に焼きつけておこうと決めていた。

見えるものはどれも絶望的な光景ばかりである。

聖王国の宗教騎士団は、聖神を讃える歌を歌いながら、魔法使いや魔女を嬉々として焼いていた。狂信的な笑みを浮かべ、燃え盛る火に薪をくべる。焼かれる側の魔法使いと魔女は助けを求めて、慈悲を乞うが、それは一切無視された。

ロナン王国の徴集兵《ちょうしゅうへい》は、飢えた獣のように次々と女を犯し、子供にさえ手をつけた。燃え残った家に侵入しては、まだ使えそうな道具を鴉《からす》のように漁った。運よく生き残った者を見つけると、まるで虫でも潰すように、斧を振るって頭を叩き割る。

ベティア帝国の上級士族は、魔法帝国の民をすぐに殺すことはしなかった。だが、それは慈悲とは程遠い光景と言えた。木で簡易の闘技場をこしらえ、そこに剣を持ったこともない少年達を閉じ込めて互いに戦わせ、見世物にして興じたのだ。少年達は、死ぬまで戦うことを余儀なくされた。

商業国家の商人達は、魔法を使えぬ一般の人々も奴隷の焼き印を捺《お》してまわった。その奴隷となった人々を雇われの身である傭兵達が戦利品として攫《さら》っていった。

そこには、彼らが魔法帝国を滅ぼす時に掲げた「正義」など、欠片も見当たらなかった。

少なくとも、アルアークにはこの光景が「正義」であるとは思えない。

「……」

遥か遠くを見る皇子に、老魔法使いが警告を発した。

「皇子！　ベティア帝国の竜騎兵です！」

赤い鱗を持つ飛竜《ワイバーン》に騎乗した兵士が、自らの騎竜に魔法帝国の民を喰わせていた。空の上からでも聞こえるほど大きな断末魔の叫びが響いてくる。

アルアークの美しい顔に一瞬、憎しみとも悲しみともつかぬ表情が浮かんだ。

「……爺《じい》、すまない」

「なっ、いけませんぞ！」

老人は慌てて制止するが、すでにアルアークは呪文を唱え始めている。

「――攻撃《アタック》、引き裂く旋風《エリルアール》」

幼い頃から魔法の鍛錬《たんれん》を続け、人並み外れた魔法の使い手に成長したアルアークが放つ一撃は、竜騎士の体を一瞬で爆散させた。乗り手を失った飛竜《ワイバーン》は混乱し、口に咥《くわ》えていた獲物の男をたまらず放り出す。

男が地面に激突する寸前、アルアークは新たな魔法を紡いだ。

「――補助《サポート》、浮遊《フェイ》」

この魔法の力により、男は鳥の羽根のようにゆっくりと落ちていく。

だがしかし、体は血で真っ赤に染まり、飛竜の牙により致命傷を負っていた。

「水を……」

アルアークが手持ちの水を男に飲ませると、男は少しだけ顔を緩《ゆる》ませた。

だが傷は深く、彼らの持っている薬では命を繋ぎとめることはできない。

魔法の力は偉大だが、万能ではないのだ。

「言い残すことはあるか？」

「あ、ぁああ……、あなたは……、アルアーク皇子」

アルアークは男に見覚えはなかったが、相手はアルアークを知っていたようだ。

皇子であるアルアークは、祭事の際には多くの民衆の前に出ているので、その時に顔を覚えられたのかもしれない。あるいは、この男が城に勤めていた可能性もある。

「つ、妻と娘を……、どうか、たすけ……」

家族の安否を心配しながら、男は息を引き取った。

「皇子！」

爺《じい》が悲鳴にも似た叫び声を上げる。

その声をかき消すほど、飛竜《ワイバーン》が翼を羽ばたかせる音をかき鳴らした。

仲間がやられたのを察知して、すぐさま近くの竜騎兵達が集まって来る。

その数、七騎。

焦る家臣を余所に、アルアークの心は氷のように冷えていく。

竜騎士達は哀れな屍《しかばね》を弄《もてあそ》んでいた。

飛竜達に咥えられている者、鉤爪《かぎづめ》に掴まれている者、竜騎兵の持つ槍で串刺しにされている者達、いずれも酷い死にざまである。

アルアークは死んだ男の目を閉じさせ、謝罪した。

「……すまない」

死霊魔術《ネクロマンシー》を修めているアルアークは、断片的にではあるが死者の声が聞ける。

その力により、竜騎士に殺された者達の中に、男の家族がいたことを知った。

「まだ反抗的な魔法使い《ウィザード》がいたとはなぁ～」

隊長らしき竜騎士が舌なめずりをしながら下卑《げび》た笑みを浮かべる。

「なかなか綺麗な顔だ。魔法帝国の貴族か？」

「だったらどうする？」

「殺す……と言いたいところだが、商業国家の奴隷商人どもが、お前のようなのを欲しがっていてなぁ～。おとなしく捕まるのなら、生かしておいてやる」

魔法帝国の貴族は美男美女揃いで、有名なのだ。

なかでも、皇族のアルアークとハルヴァーは絶世の美貌の持ち主である。もっとも、目の前の無骨な男達には「いい商品になる」程度の価値にしか映らない。

「そうか……」

「おっと、とは言っても爺さんは殺す。抵抗しなけりゃ、楽に殺してやるよ。こっちも連日連夜殺しまくって疲れているんだ」

竜騎士はめんどくさそうに言った。

彼らは国を奪うためではなく、滅ぼすために行動しているのだ。

国の礎《いしずえ》となる民は殺すか、あるいは奴隷とする。

首都は焼き払い、村々に塩をまき、書物は焼き尽くす。

アルアークは、魔法帝国が滅びた現実をあらためて噛みしめた。

「言っておくが、魔法を唱えても無駄だぜ。今は対魔陣形を組んでいるからな。残念ながら、お前ら御自慢の魔法は封じられているぜ」

長い戦いの歴史の中で、様々な陣形が生み出されている。

陣形とは一種の魔法陣だった。

陣形を組んだ者達の恐怖を打ち消す効果があるのみならず、普段よりも足が速くなる、炎を無効にするなど多種多様な効果がある。

その中でも、竜騎士が言う通り対魔陣形は魔法を打ち消す効果を持つ陣形なのだ。

個々人の魔法に対する抵抗力を最大限まで高める効果があり、竜騎士達はこの陣形を組むことで、多くの魔法使いの攻撃魔法を無効にしている。

だが――。

「攻撃《アタック》、天を焼き焦がす《メティアヴァングランド》」

魔法帝国の皇子の一撃は、下位の魔法使いが放つ魔法とは威力が違う。

解き放たれた劫火《ごうか》は、アルアークが唱えた魔の理《ことわり》の通り、天を焼き滅ぼすほど強力だった。

その炎が、アルアークを取り囲んでいた竜騎士達の全身を包み込んだ。

「――――！！！！！」

自信満々だった竜騎士達は悲鳴を上げることすら許されず、一瞬で消炭《けしずみ》にされる。

いや、隊長だけは生きていた。

アルアークの魔法に抵抗できたからではない。

魔法帝国の皇子は、意図的に隊長のみ生かしておいたのである。

「ひぃ！」

悲鳴を上げる竜騎士隊長を見ながら、アルアークは穏やかに微笑み、死刑を宣告した。

「貴公は一瞬で殺すようなことはしない。隊を率いる者は、相応に苦しまねばならぬよな？」

「ば、化け物！」

隊長は戦いを放棄し、飛竜《ワイバーン》に命じて急いで逃げようとする。だが、アルアークの怒気に当てられた飛竜は恐慌状態に陥り、乗り手を振り落としてしまう。

「ぐげぇ！」

大地に叩き付けられた隊長は、潰れたカエルのような悲鳴を上げる。

「皇子、すぐにまた増援が来ます！　アナタとて、無限に戦える体力があるわけではないのですよ!!」

爺《じい》の忠告を聞きつつ、アルアークは竜騎士の隊長に近づいた。

「ああ、すぐに終わる」

「お、皇子だと？　まさか貴様、魔法帝国の……」

苦痛に顔を歪ませて、隊長は声を絞り出す。

魔法帝国の皇子はその問いには答えない。

ただ、その蒼い瞳に冷たい輝きを宿し、竜騎士に手をかざすと、魔法帝国でも禁忌《きんき》とされている魔法を唱えた。

「――呪法《カース》、広がる悪性腫瘍《ベルベナンディハーズ》」

「ひぎゃぁあああああ――――――――！！！！！」

絶叫が響き渡る。

魔法を受けた瞬間、竜騎士の体が内側から奇妙なまでに膨れ上がったのだ。背中から蜘蛛の脚にも似たものが生えて鎧を突き破り、悲鳴を上げている舌が真っ二つに割れてしまう。目玉が飛び出し、眼下から触手のようなものが生える。

アルアークが唱えたのは、肉体を変異させる呪いであった。

父である魔法帝国の皇帝により、堅く禁じられた外法《げほう》である。

この魔法を受けたからには、竜騎士が助かることはない。

数分ほど苦しみ抜いたあげく、完全な化け物になるだろう。

「母さん……、ごめ……」

竜騎士は手を——干からびた枯れ木のように変異した手を伸ばしながら、最後の涙を流した。

アルアークはその最期の声を聞き、眉を顰《ひそ》める。

彼にも、大切な者はいたのだろう。

人はどこまでも残酷になれるが、同時にどこまでも優しくなれるものだ。

「皇子、転移魔法の準備ができました」

「爺《じい》」

アルアークは問いかける。

「私は……、今どんな顔をしている？」

皇子が子供の頃から面倒を見てきた忠臣は、その問いかけに、見たままの真実を告げた。

「笑っておいでです」

「そうか……、そうだったか……、なんとも醜悪な、クク、クハハハハハ」

自分と同じ人間を葬ったというのに、アルアークの心には慈悲の欠片もなかった。敵とはいえ、指でも鳴らすような気楽さで人を殺し、最期に漏らした悲痛な言葉にも、一欠片の憐《あわれ》みも抱くことはなかった。

「私も奴らと同じか」

吐き捨てるように言う。

自分は敵である彼らとは立ち位置が違うだけで、ほかには何ら差がない。

その事実を噛みしめながら、笑い声を抑える。

この日、アルアークは復讐することの甘美《かんび》な陶酔《とうすい》と己の邪悪さを悟った。

「魔法帝国は滅びた。だが、この憎悪と嘆きは忘れまい」

「お、皇子？」

「爺《じい》、私達のやるべきことが決まったぞ」

アルアークは冷たい笑みを浮かべる。

これまで魔法帝国の民に見せていた優しい笑みではない。

見る者を絶望させ、心を凍りつかせるような微笑みである。

「や、やるべきことは、魔法帝国の復興では？」

そんな皇子の姿を見て、長年教育係をしてきた老人は戸惑ったような声を出す。

「いいや、違う。魔法帝国は滅びた。人も国も滅びれば終わりだ。姿かたちを似せて創ったとしても、それは別物だ」

「お、皇子？」

魔法帝国の皇子は狂気におかされたかのように、淡々と語った。

あるいはこの時、彼は本当に狂ってしまったのかもしれない。

「一度すべてをかき消そう。いや、ただ消すだけではつまらんな。それではあまりに慈悲深いな。

ゆっくりと、病が蝕むように滅ぼすとしよう。それには……、相応の準備が必要だな。爺《じぃ》……、我が師にして魔法帝国の宰相でもある貴方に教えてもらいたい。私の欲望《のぞみ》を叶えるに相応しい魔法を……」

「皇子、どうかお気を確かに！」

「正気だとも、私……、いや、私達は、と言うべきだろうか？」

その時、老人は見てしまった。

アルアークに無数の民の怨念《おんねん》が集まって来るのを！

虐殺された魔法帝国の民、その無数の嘆きが、一つの望みを叶えてほしいと結集する。

〝復讐を！〟

〝我らの復讐を！〟

〝父を殺し、母を殺《あや》め、友を引き裂き、妻の尊厳を穢し、兄弟姉妹を苦しめた者達に復讐を！〟

凄まじい数の怨念が、アルアークに襲い掛かる。

数千数万、いや、数十万数百万もの凄まじい怨讐《おんしゅう》の念が、魔法帝国の皇子に纏《まと》わりついてきていた。けれども、常人ならば間違いなく発狂するような怨念を、アルアークはむしろ嬉々として受け入れる。

〝苦しいよぉ〟

〝痛い、痛い、痛い、イタイ、イタィイ、イタィイいいいい――――！！！〟

〝助けて、どうか助けてください、お願いです。お願い、お願い……〟

冥府《めいふ》へ向かう途上にある民達の数多の嘆き、数多の憎悪、そしてそれを生み出した現世での苦痛をも受け止めていく。

〝我らの望みを！　どうか、皇子よ！　我らの復讐を！〟

消えることのない怨嗟《えんさ》の歌が、頭の中に直接響いてくる。魔法帝国の民一人一人が死ぬ時に味わった痛みを引き受けながら、アルアークは血の涙を流して笑う。

その姿は悪鬼羅刹《あっきらせつ》の如く禍々しく、同時に、この世の理不尽《りふじん》に押しつぶされて泣いている子供のようでもあった。

「――すまない。今の私には誰も助けることはできない。だが、敵に報いを与えるという望みは叶えよう。だから、この世での苦しみはすべて私に託《たく》して、どうか安らかに……」

「皇子！」

老人は、倒れそうになるアルアークを支えた。

そして、アルアークは微睡《まどろみ》から目を覚ました。

寝台から体を起こす。

魔法使いとは思えぬほど鍛えられた体は、人体の黄金比《おうごんひ》を体現して完璧なまでに整っている。

まだ人であった頃から、魔法帝国の貴人の中でも最上位の美しさを持つ絶世の美男子であった。地下迷宮の化身となってからは、その美しさにますます磨きがかかっている。

「眠ったのは、迷宮の化身となって以来か？」

本来、地下迷宮の化身と化した者は眠ることはない。

しかし今回のような眠りが訪れたのには訳がある。アルアークは、地上を彷徨っている魂を蒐集《しゅうしゅう》するために、数日にわたって、〝黒蠅の花嫁《スカニゲルム・ヌプタス》〟を代わる代わる抱いた。命を生み出す神聖な行為を穢すかのような荒々しさで、だ。その折に、人間である彼女達の影響を少なからず受けてしまったのだった。

人肌の温もりも、食事の喜びも、穏やかに安らげる眠りも捨て去ったその体に、ほんの一時《いっとき》とはいえ、生の感覚が戻った。甘い気分を味わったが、それは堕落への誘いでもある。

「人肌の温もり、性の喜び、眠りの安らぎ……」

普通の者ならば、失われたはずの生の感覚が戻ったのだから、涙を流して喜んだことだろう。

「いらんな」

だがアルアークは、その安らぎの感覚を否定する。

「私が安らぎを得るのは、聖王国と連合諸国への復讐が叶った時のみ」

温もり。

喜び。

安らぎ。

――すべて不要。

必要なのは、この身を焦がすほどの憎悪と、死者達の冷たい嘆きのみである。

それだけが、この復讐者の財産なのだ。

「状況は？」

アルアークは問いかける。

いつの間にか、彼のすぐそばに三人の〝黒蝿の花嫁《スカニゲルム・ヌプタス》〟が近寄っていた。

美しい裸身《らしん》を薄布一枚だけで隠した女暗殺者達は、主人の問いかけに素早く答えた。

「地下迷宮内の水晶球が破壊されました。その影響で、魔術的な監視網《かんしもう》が潰されています。現在、ゴブリンの連絡兵や使い魔を総動員して復旧に専念させております」

「第一から第五階層まで、侵入者が多数あり。聖王国の宗教騎士団、聖マウグリスト騎士修道会の兵五百名とカイル殿の仲間である英雄達、そして恐るべき太古の魔物が侵入」

「敵の狙いは、地下迷宮の秘宝かと思われます。秘宝の防衛にはロード種のユニーク・モンスターを派遣、迎撃にはハルヴァー様を筆頭に、コーリアス様、シア様、ルガル様、カイル殿が各階層にそれぞれ配されております」

〝黒蝿の花嫁《スカニゲルム・ヌプタス》〟はアルアークの傍に侍りつつ、主人を愛撫しながら報告した。

主人への奉仕が、彼女達の役目である。

大事な報告をするのに、このようなことをするのは不適切と思う者もいるかもしれない。だがアルアークに限っては問題ない。何故なら、復讐に必要な堕落の魔術に手を染めた際、夢魔《インキュバス》や淫魔《サキュバス》といった色欲の悪魔達が仕掛ける様々な手練手管《てれんてくだ》を経験済みだからである。魔界の悪魔に比べれば、彼女達の奉仕は犬や猫がじゃれついてくるのと大差ない。

そのため、アルアークはいささかも心を乱すことなく、報告を聞きもらすこともなかった。

「そうか、敵は思ったよりも早く攻めてきたな。どうやら爺の予測は当たっていたようだ……」

アルアークはひとり納得したように呟く。

「しかし、秘宝のひとつが奪われたことは知らぬようだ。ということは、カイルと共に迷宮に侵入した者は、聖王国の手先ではないのか？」

新たな疑問を口にする。

「まあいい、そうした思索にふけるのは、この危機を乗り越えた後でよいな」

地下迷宮の化身であるアルアークはそう言うと、遥か遠方にいる恩師と話をするため、通信魔法を使った。

「――通信《メッセージ》、光の欠片《ルナルト》」

小石程度のクリスタルがアルアークの掌中《しょうちゅう》に出現する。

「爺《じい》、聞こえるか？」

「アルアーク皇子！　一体どうなされました？」

老人の驚いた声が返ってくる。

「聖王国の者どもが釣れたぞ。奴等は秘宝を狙っている」

「なんと！　では、儂《わし》の予測は正しかったというわけですな？」

「ああ、聖王国にも地下迷宮は存在するということだ」

そう聞いて、魔法帝国の宰相であり、アルアークとハルヴァーの教育係だった老人は嘆くように言う。

「何ということだ。儂《わし》がもっと早く気がついておれば、魔法帝国は……」

「仕方がない。聖王国の地下迷宮は、おそらくは『隠蔽《いんぺい》』『虚偽《きょぎ》』に特化した造りだ」

家は住む人に似ると言うが、それは地下迷宮においても同じである。

聖王国の地下迷宮は、聖神教の教えを歪めながら広げている。

地の底からゆっくりと人々の心を蝕んでいったのだろう。

アルアークは与《あずか》り知らぬことだが、かってカイルに対してモニカが「影響力」と呼んだものと同種の力である。

そのことに、気づく者は少ない。

仮に気づいたとしても、その時は異端者として始末される。

「皇子の生み出した迷宮は『侵略』『支配』に特化した造りでしたな」

「ああ、故に、他の地下迷宮からの攻撃を防御することは不得手だ」

「しかし、皇子の見立てが確かならば、相手の迷宮は防御に特化しておるわけですから、向こうも攻撃は不得手でしょう。それが、このように素早く仕掛けてきたということは……」

話が長くなりそうだったので、アルアークは断ち切るように要件を告げる。

「爺《じい》、そちらに残してきた者達をこちらに呼び寄せたい」

「……致し方ありません。少し未熟ではありますが、すぐにでも送り届けます」

「頼む」

爺と呼ばれる人物のもとには、アルアークとハルヴァーの兄妹弟子達がいる。

彼らは魔法帝国の残党であり、今もアルアークとハルヴァーに忠誠を誓う者達だった。

「北の妖魔を支援させているウィンスレット達はどうしますか？」

「今回は必要ない。彼らには、聖王国を攻める時に活躍してもらう」

「御意《ぎょい》に。それでは、どうかご武運を」

その言葉を最後に、通信に使っていたクリスタルは塵となって消えた。

＊　＊　＊

「聖王国が攻め手に選んだ魔物の特殊能力は、なかなか侮れませんねェ」

モニカは「地下迷宮の書」を開きながら呟く。

地下迷宮に侵入した者を探る水晶球が潰されたとしても、聖王国の兵団が地下迷宮の深部に辿り着くには相応の時間がかかる。だが今回、彼らは地下迷宮の目——水晶球を破壊した後、僅かな時間で地下迷宮の深部に辿り着いていた。

地下第一階層や地下第二階層までならば、転移の魔法や奇跡によって移動することができたかもしれないが、それより下の階層には、たとえ勇者や英雄の力をもってしても侵入は容易ではない。さらには当然のことながら、集団による徒歩の移動では無数の魔物や罠を突破しなくてはならないため、余計に時間がかかる。

では、どうやって彼らはこうも素早く、地下迷宮の奥深くまで侵入し得たのだろうか？

その答えは、モニカが先ほど言った通り、魔物達の特殊な力によるものだ。

竜が炎を吐き出す能力や死神が寿命を刈り取る鎌を持つように、五人の乙女に憑《と》りついた魔物達は、いずれも空間を捻じ曲げて移動する能力を保有しているのである。

いや、その力を与えられたと言うべきだろうか？

地下帝国が「強制進化の祭壇」を使い妖魔達を変異させたのと同じく、聖王国も配下の魔物達に本来持たない力を与えたのだった。

そう、聖王国の地下には迷宮が存在している。

アルアークと魔法帝国の宰相が予想した通り、邪悪にして悪辣なる地下迷宮とは異なる、もう一つの地下迷宮である。

無論、そのことを知っている者は数少ない。

聖王国の公爵――、世俗階級の最高位に位置する者でさえも知らない秘密なのだ。

今この場に攻め込んでいる聖マウグリスト騎士修道会の面々も、教皇だけが扱える秘術としか知らされていない。

アルアークの見立て通り、「隠蔽」「虚偽」に特化した地下迷宮の影響である。

魔法帝国が滅びてから五年。聖王国は今や大陸全土にその力を浸透させているため、地下帝国の力をもってしても、このような魔物の存在を事前に察知することは不可能だった。

しかし、モニカは大きな丸石の上に腰を下ろして、まるですべてを知っているかのように語る。

「この世の理《ことわり》を捻じ曲げる地下迷宮同士の戦い。この理不尽さこそが醍醐味《だいごみ》スよねェ～、さてさて、迷宮戦争と呼ばれることになる戦いの初戦、じっくりと楽しませてもらいますよ」

モニカは、カイルを手助けして地下迷宮の秘宝を奪い取った少女だが、今回は、戦いを傍観《ぼうかん》するつもりのようである。

そしてモニカは、「地下迷宮の書」を眺めながら呟いた。

「――起動《アクティブ》、全ては我が手の内《デェニィフログシュ》」

その言葉に反応して、頁《ページ》自体が薄く白い光を放ちながら、ゆっくりとめくられる。

いったいどうやって起動の方法を知ったのだろうか？

地下迷宮の秘宝は、外に持ち出されたからといって、誰もが使えるような代物ではない。

しかし、モニカはまるで自分の持ち物であるかのように「地下迷宮の書」を扱っている。

少女の蒼い瞳が、開かれた頁《ページ》の内容を丹念《たんねん》に追っていく。魔物と修道会に攻め込まれた、邪悪にして悪辣なる地下迷宮の情報が、次々と更新されていた。

「『輝かしい勝利の道』を使って、各階層を制圧するつもりみたいですねぇ〜。まあ、固まってたら、妹君に一網打尽《いちもうだじん》にされるからその戦術は正しいんスけど……、いや、戦力を分散したから、個々に撃破される可能性もあるスよねェ〜」

難しい顔をしながら、聖王国が魔物達に与えた力の名を口にする。

「輝かしい勝利の道」とは、魔物達に与えられた侵攻用の能力名である。

当然ながら、その名を知っている者は数えるほどしかいない。

少女は、年に似合わぬ老獪《ろうかい》な笑みを浮かべた。

「本格的な脅威を前に、はたして彼らは守りきれますかねェ？　ここで食い尽くされるような無様な姿をさらすことだけは、しないでほしいですけど……」

モニカがそう呟くと、「地下迷宮の書」に異変が起きた。

白く輝く頁《ページ》が、ゆっくりと赤く染まり始めたのである。

燃え上がる炎のように赤く輝く文字を見て、少女は悪戯好きな猫のような笑みを浮かべた。

「いや、むしろ逆ですかね。復讐に燃える彼らを相手に、聖王国に仕える皆様はどこまで善戦できるでしょうか？」

そこでモニカは、あらためて腰を据え、じっくりと両者の戦いを見守ることにした。

＊＊＊

地下迷宮の第一階層では、白竜が地響きを立てながら進軍を続けていた。

オークの上位種であるベルゼグが敗れた後は、竜の足を止める者はもはや存在しない。

臆病なゴブリン達は竜の姿を見ただけで戦意を喪失し、逃げ惑う。

そんな彼らを押しのけて、屈強なオークやミノタウロスが竜の注意を引こうとするが、まるで虫けらのように踏み潰される。竜は目についた建物をことごとく破壊し、瓦礫《がれき》に変えていく。

竜の身では入れぬほど小さな通路には、冷たい炎を流し込んで凍結させてしまう。

こうした暴威《ぼうい》を見せつけられながらも、立ち向かおうとする者達がいた。

「アイツを仕留めれば、大金星ですね」

望遠鏡で竜の姿を確認しながら、白銀の鎧を身に纏《まと》った女騎士がそう呟いている。その背後にいるバケツ兜の騎士が大声を上げた。

「本当にアイツと戦うんですか⁉」

「静かにしなさい。貴女、声が大きいですよ」

白銀の女騎士は、フランディアルの右腕にして元冒険者、地下帝国の客将《かくしょう》コーリアス。バケツ兜の騎士は、元聖王国の騎士で現在は地下帝国に仕えるソフィである。

「あんな化け物に勝てるわけないじゃないですか！」

「だからうるさい！　だれも、竜を殺すなんて言っていないでしょう！」

コーリアスはソフィよりもさらに大きな声を出す。

このまま口喧嘩でも始めそうな気配だ。

だが幸いなことに、この二人を諫《いさ》める男がいた。

「キシシ、お嬢さん方……、静かにしないと竜に気づかれちまうぜ」

独特の笑い声を出しながら口を出したのは、アルアークの友人にして闇商人のテオドールである。

戦いの腕はからっきしだが、肝は人一倍据わっている。

第一階層の地下遺跡には、上手く身を隠せる場所が多い。

今彼らが潜んでいるのは、第一階層に設けられた監視塔のひとつだった。竜がいる場所から大分離れているが、それでもコーリアスが望遠鏡で姿を確認した通り、目が届く範囲ではある。

それでも、というか、それだからこそ、竜の鋭い五感と竜が使う独自の魔法を使用すれば、発見される恐れは十分にある。

闇商人の言葉でそのことを思い出したのか、女騎士二人は慌てて口を押さえた。

幸か不幸か、白竜は女騎士の存在に気づくことなく――、あるいは小物のことなど無視してか、悠然と歩み続ける。

「……で、どうするんですか？　何かあっても、テェルキスさんはいないのですよ？」

ソフィはできる限り声を小さくして問いかけた。

終末の騎士テェルキスは、ハルヴァーの命令を受けて地上の侵攻を行っている。遥か遠くに離れており、以前のように助けに現れる可能性はない。

「あの方がいない間に手柄を立てる。これは一目置いてもらえるチャンスです。それには……、気に入りませんが、貴女の助力も必要です」

と言いながらコーリアスは、自分と同じく終末の騎士に好意を寄せているソフィを見た。

「まあ、話だけなら……」

ソフィは渋々といった様子で、コーリアスの話を聞いている。

「テオドールさんにも協力をお願いします」

「ああ、可愛い女の子の頼みは断らないのが身上でね。〝狼と蛇の会《セルプペンス・ルプレィ》〟会長テオドール・ビロストが、ご用件を伺わせていただきましょう」

と闇商人は大仰《おおぎょう》な仕草で一礼した。


白竜が妖魔達の注意を引いている間に、聖マウグリスト騎士修道会の面々は四人から七人程度の集団に分かれて、まるで冒険者のように地下遺跡を探索していた。

その途上で遭遇した魔物達を斬り捨て、普通の財宝を見つけても関心は示さず、ただひたすら地下迷宮の秘宝を探している。

宗教騎士達が秘宝を探している状況を、コーリアス達は知らない。

だがしかし、相手が何かを探して散開していることは確認している。

コーリアスから白竜への対策を聞いた〝骸骨卿《スカル・ロード》〟〝疫病卿《プレーグ・ロード》〟は、妖魔達に「攻撃目標を白竜から宗教騎士達に変更せよ」と命じた。

だがすでに、ゴブリンやオークといった妖魔達の大半がやられていた。

そのため、攻撃目標変更との命を一番早く受けたのは、後方支援を担当していたヴァルデフラウ達である。

ヴァルデフラウは、ゴブリンの女が「強制進化の祭壇」によりゴブリンとは似ても似つかぬ美しい姿に変化した女妖魔だ。

姿かたちは人に近い、野性的な美女。

健康的な肌色をしており、碧宝石色《エメラルドグリーン》の髪と瞳で、南方の熱帯雨林に住むアマゾネスのような雰囲気を持っているが、それほど筋肉質ではない。

彼女達の得意な武器は長弓《ロングボウ》である。

遺跡に潜んでいたヴァルデフラウとその仲間は、通りを歩く宗教騎士の一団に向かって一斉射撃を行う。

完全なる不意打ちだった。

しかし、相手も百戦錬磨の殺人集団である。

「――守護《ディフェンド》、悪意を払う法円《スヴェーリアペティーシェ》」

即座に守りの奇跡を使い、身を守る。

ヴァルデフラウ達が放った矢が弾き飛ばされた。

「――攻撃《アタック》、偉大なる神の右腕《ディスティヴィグレイズ》」

「――攻撃《アタック》、貫く光槍《シェラーイース》」

「――攻撃《アタック》、邪悪なる者を滅せよ《アルベシューラ》」

さらに、攻撃の奇跡が駆使される。その光槍は、物陰に隠れていた何人もの女妖魔に命中し、建物の上から落下させた。

宗教騎士達は、女妖魔になど情けはかけんとばかり、十字剣で胸を貫き、首を刎《は》ね飛ばす。

「聖なるかな、聖神よ、万軍の神よ！　天と地に栄光を！　アナタの僕《しもべ》に勝利を！」

「栄光を！」

「勝利を！」

熱狂した宗教騎士達の戦意はいよいよ高まっていく。

相手の勢いが増すのを見て、ヴァルデフラウの指揮官は後退するように命じた。

指揮官の名は、サシャ。

「嘆きの仮面《グリーフ・マスク》」と呼ばれる仮面をつけた女妖魔であり、ゴブリンの王《ゴブリン・ロード》プルックの娘でもある。

「敵は強い。正面から戦わず、おびき寄せろ」

正々堂々と戦う必要はない。

生き様は汚くても、勝てばいいのだ。

実にゴブリンらしい思考でそう判断し、騎士達をおびき寄せるように指示を出す。

(地の利はこちらにあり)

サシャは残酷な笑みを浮かべると、敵を挑発するように矢を放ち、怒った騎士達がこちらに向かって来るのを確認して、ゆっくり後退していった。

＊　＊　＊

地下迷宮の第二階層。

巨大な地下通路には湿気を帯《お》びたカビ臭い空気が立ちこめていた。

左右の壁には、巨大な魔法使いの像が並んでいる。石像の目や装飾品の部分には宝石が嵌《は》め込まれており、いずれも美しさを競うかのように光り輝いている。

荒らされた様子がないところを見ると、冒険者達はまだこの回廊に達していないのだろう。

そんな地下通路を、一人の娘が歩いていた。

カイルの仲間、リーエルトである。

地下迷路を彷徨う彼女を仕留めんと、毒霧を吐き出す巨人《ポイズン・ジャイアント》や劫火の魔神《ヴァルカン》、石化や麻痺《まひ》・催眠《さいみん》などの多種多様な魔眼の力を扱う目玉の暴君《アイ・タイラント》が挑んだ。

しかし、リーエルトに憑依した死神は、出くわす魔物を次々と鎌にかけて絶命させた。

そして、石の扉の前に辿り着く。

死神が大鎌を振るい、分厚い石の扉を引き裂いた。

迷宮の主であるハルヴァーは、この部屋を「螺旋《らせん》図書館」と名付けている。

図書館という名の通り、大量の本が納められており、パッと見たところ、数百人は収容できそうな広さがあった。

壁には高さ十メートル近い本棚がずらりと並んでおり、上段の本を取れるように、等間隔で梯子《けしご》が掛けられている。中には本や巻物がぎっしりと詰まっていた。

魔法に関する実用書が多いが、それ以外にも、この世界の生き物に関するイラスト付きの図鑑や遥か昔の王や将軍が書いた自伝などが置かれている。

加えて、「破滅教典」「妖蟲《ようちゅう》秘書」「害獣百科」「精霊辞典」「異形写本」「夢幻白書」「堕落聖典」「暗黒教本」などなど、恐ろしく強大な力を秘めた禍々しい装丁の本もずらりと並んでいた。それらは見るだけで精神の均衡を失わせる暗黒の書物《ダーク・バイブル》の数々であるが、今のリーエルトもまともな精神状態ではないため、読んだところで心が冒されることはない。

部屋にはいくつもの大机や椅子があり、ここに腰掛けてゆっくりと本が読めるようになっている。

小物棚の引き出しの中にはインクやペン、羊皮紙などが入っているので、ここで本を執筆することもできる。

この大図書館の中央には、さらに地下へ向かう金属の螺旋階段が掛けられていた。

ここは、地下迷宮の第二階層から第三階層に移動するための場所でもあるのだ。

知識を求める者達はこの場で足を止めてしまう。そして、一生涯費やしても読み切ることのできない本に埋《うず》もれながら、地下迷宮の住民となるのである。

事実、冒険者の何人かはこの場所にある知識に心を奪われてしまった。

だが、今ここに冒険者の気配はない。

いや、一人だけ、ひっそりと木の椅子に座って本を読んでいる者がいる。

「カイル……？」

リーエルトは小さな声で呟く。

だが、それは彼女が求めてやまない男、カイルではなかった。

地下迷宮の寵児《ちょうじ》シアである。

彼女は哀れむような視線をリーエルトに送った。

「残念ながら、はずれです。ここにカイルさんはいません」

そう言って歪んだ笑みを浮かべる。

「ですが、すぐに会えますよ。我らが主の命です」

シアは、肩の辺りで切った黒髪を揺らしながら、どんよりとした目でリーエルトの背後を睨む。

「まずは衣装直しを……、でないと失礼にあたりますからね。アルアーク様とハルヴァー様の居城を荒らす者は、たとえ古き神であろうと容赦いたしません」

死神の存在を看破する少女。

シアに興味を持ったのか死神は実体化する。

『――娘、不滅、命、絶望、興味』

死神はカカッと笑い、大鎌を構えた。

シアが死神の存在を見破ったように、死神も少女の特性を理解したのである。

死ねない少女と死をもたらす神。

両者の間にリーエルトが入り真なる銀《ミスリル》で作った大槌《ハンマー》をシアに向ける。

リーエルトの本業は鍛冶師《ブラックスミス》だ。

聖王国内で最高の武器を生み出すことから、〝聖剣と魔剣の作り手〟の二つ名で呼ばれていた。

そんな彼女がカイルの仲間になったのは数年前のこと。

ある日、邪神を奉じるカルト教団に、彼女はその武器造りの才能に目をつけられて誘拐されてしまったのだ。

その時に勇者カイルが颯爽《さっそう》と現れて、彼女を助け出した。

英雄物語にありがちな展開ではあるが、助け出された本人にとって、カイルの存在はまさしく

「白馬に乗った王子さま」だった。
しかし、物語と違ったのは、カイルの交友関係である。
彼は、リーエルトよりも遥かに見目麗《みめうるわ》しい女性達に囲まれていた。

——欲しい。

まだ恋を知らなかったリーエルトは、初めての恋に身を焦がした。
少しでも振り向いてもらおうと、カイルのために最高の武器を作った。
人々を守るために戦おうとする彼の後を追いたくて、戦い方も学んだ。
少しでも長く一緒にいられるように、少しでも振り向いてもらうために!
そうして初めての恋を成就させようと努力した。
同じ思いを抱く他の四人の存在を知りながら、それでも自分だけを愛してほしい。
リーエルトの心は愛憎でぐちゃぐちゃになった。それは他の四人も同じであった。
そして、思いは爆発して、修羅場《しゅらば》となった。
「カイル、どこ? どこにいるの? もう喧嘩しないからさ……、一緒に帰ろう?」
目の前にいるシアの言葉を完全に無視して、リーエルトは呟く。
虚ろであるが狂気を帯びた瞳を見て、シアは笑みを深めた。

「想像以上の暗さですね。恋というものは知りませんが……、その想いは心地いいです」

シアにとっては、正義の言葉に酔って戦う者達よりも、この手の者の方が好感が持てる。良くも悪くも、自分の欲望のために戦っているからだ。

「生ゴミとは言えませんね。発情中の雌犬《めすいぬ》に格上げしてあげましょう」

褒めているのか貶《けな》しているのか。判断に迷う言葉だが、シアにとっては賛辞である。

『――死、死、死、滅！』

死神は虚ろな咆哮を上げながら、シアに襲い掛かった。

大鎌は武器としては扱いにくい。

だが、生と死を司る神に人間の理屈は通用しない。

死神の持つ鎌は、冥界で鍛えられた品物である。

世界に存在するあらゆる物質をすり抜け、命ある者に触れただけで寿命を奪い死をもたらす。

防具などは意味をなさない。

シアにとって、地下迷宮が創造されて以来、初めて直面する本格的に危険な戦いだった。

しかし、少女の心に恐怖の色は微塵もない。

精神は今までにないほど熱く高揚していた。

今こそ、腐り逝くだけの血肉にすぎなかった自分を助けてくれた兄妹の恩義に報いる時！

シアは、どんよりとした金の瞳を輝かせて、螺旋階段を降り始めた。

すかさず迫り来る二人に向けて、呪文を唱える。

「――攻撃《アタック》、痛みの茨《パルディゼーム》」

魔法が発動し、鉄色の茨《いばら》が生み出された。

この茨は、使用者が今までに受けた苦痛に比例して、その痛みと共に成長する。普通の人間ならば数本の茨が出現する程度だが、シアが味わった痛みは、常人が受けた苦痛を遥かに凌駕していた。

数百本もの茨が伸びて死神に襲い掛かり、その動きを封じようとする。

ただの物質ならば、死神から霊体に姿を変えれば回避できただろう。だが、この茨はシアの心の怨念を魔法で具現化させたものだ。

つまり、霊的な拘束力も持っている。

死神といえども、逃れることは難しい。

『――邪、魔』

死神は、大鎌で刈り取るように、茨を一掃した。

しかし、そこで足が止まる。

それこそシアの望んだことだった。

「――妨害《ディスターブ》、断ち切る絆《ジェルブレイス》」

青白く光り輝くカミソリのような刃が、死神とリーエルトを繋ぐ見えない糸を断ち切らんと放たれる。

「――起動《アクティブ》、聖《レ》ファランティの英刃《ファランディハーズ》」

狂気に犯されながらも、リーエルトは即座に的確な対抗策を取った。

聖ファランテとは、聖神教が崇める守護聖人の一人である。

伝承によると、聖騎士ホリィ・ヴァーツラフを、あらゆる刃を弾き返す力で守ったという。

鍛冶師の娘は、その伝承を元に自分の守りを固める防具を生み出したのだ。天界の金属《オリハルコン》と真なる銀《ミスリル》、東方大陸でのみ手に入る希少な金属、緋緋色金《ひひいろかね》を素材として作った鎧である。

聖ファランテの断罪衣。

リーエルトの言葉に反応して、服の一部が形を崩し無数の細い糸に変化すると、シアが放った魔力の刃を取り込んだ。

そして、そのままの威力で跳ね返す。

シアは下の段に降り、自ら放った魔力の一撃が弧を描いて戻ってくるのを避けようとするも間に合わない。

鋭い一撃がシアの服と肉を引き裂き、さらにはシアの使い魔であるギーとの絆《きずな》さえも断ち切ろうとした。

「――回復《ヒーリング》、霊質の保管《ネヘクトアーズ》」

服や体の傷の修復を行いながら、シアは使い魔との同調を切らさないよう精神を集中する。

死神は鉄の茨を引き裂いて、傷を癒すシアに鎌を振るうが、少女は力を振り絞って回避した。

切り裂かれた闇色の衣が、自動で魔獣に変じて反撃を行い、時間を稼ぐ。

ここでもしも自分がやられたら、最悪の場合、第二階層と第三階層が一度に落ちるかもしれない。

そんな不安を打ち消し、シアは次の手を用意することにした。


シアが死神と戦っているのと時を同じくして、第二階層では〝悪魔を宿した者《マレブランケ》〟の少女達が、聖マウグリスト騎士修道会の宗教騎士達に襲い掛かっていた。

巨大な大剣を手にし、高速で接近する蒼白い騎士甲冑を着た少女達。

対するは、聖マウグリスト騎士修道会の第四部隊、恐怖を知らぬ宗教騎士達である。

地下迷宮の回廊に、何十もの大剣と十字剣がぶつかり合う音が響き渡る。

人間業を遥かに超える力で繰り出される少女達の大剣。十字剣を巧みに操りその攻撃を受け流す宗教騎士。受け流した後は即座に鋭い突きを放つが、蒼白い騎士甲冑がひとりでに変形して剣を弾き返す。

〝悪魔を宿した者《マレブランケ》〟が身に纏《まと》っている服は、生きている鎧《リビング・アーマー》に近い性質があり、意思を持つ防具である。

「強い」

〝悪魔を宿した者《マレブランケ》〟の少女が呟く。

少なくとも、この階層をウロウロする冒険者と比べて段違いの強さである。

「クソが、あんな重量のある武器をどうやって扱っていやがる！」

宗教騎士は口汚い言葉を吐き捨て、煙幕玉を放り投げた。

廊下一帯に黄色い煙がモクモクと広がる。

視界が遮られたため、少女達は奇襲を警戒して武器を構えた。

「下品」

男の言葉遣いを責めるように言う。

「へへっ、生憎《あいにく》とオレ達はほかの連中と違って卑しい生まれなものでね」

人数が多くなれば、当然異端者もできてくるものだ。

それはこの宗教騎士団でも同じであり、第四部隊には、特に荒っぽい者が集められている。

彼らの多くが、元々は山賊や戦争犯罪者であった。

略奪目的で村一つを潰すような連中である。過去には女子供を嬲《なぶ》り殺し、修道女を犯し、財貨を奪い、さらには聖神教の教会に火を放って、司祭まで斬り殺していた。

当然、死罪は免れない。

だが、聖神教会の高位聖職者達はその凶暴さに目をつけた。

彼らを捕らえた時、過去の罪を消す交換条件として、宗教騎士団の一員となり、聖神教会に永遠の忠誠と奉仕を誓うように求めたのだ。

無法者達は最初こそ抵抗しようとしたが、聖神教会の拷問具《ごうもんぐ》を見た瞬間、服従を誓った。もちろん、そんなものは口からでまかせであったのだが、高位聖職者達も対策はとった。

だが、服従の証として、額に呪いの焼印を刻んだのだ。

聖神教会に害する行動をとれば、焼印が赤く染まり、想像を絶する痛みが与えられる。

彼らは逆らう気が起きないほどの痛みに屈し、嫌々ながらも宗教騎士として組み込まれることになる。

だが、元来の粗暴《そぼう》さが消えたわけではない。

「テメェラもオレ達が相手とは運がなかったなぁ〜。その手を千切って、秘宝の在り処《ありか》を言うまでたっぷりと犯してやる。なぁ、みんな！」

「ああ、まだ餓鬼《がき》だが構わねェよ」

「女なんて、久しぶりだぜ〜」

下卑た笑みを浮かべる第四部隊の男達。彼らはたまりにたまった欲望をぶつける相手を探していたのである。

リーエルトにも目をつけたが、死神という脅威に加えて、聖神教会の信徒である彼女には手を出すことはできず、歯がゆい思いをしていた。

「減点」

少女の一人が呟く。

「選択、必要なし」

「地下迷宮を穢すゴミ」

「贅沢《ぜいたく》は言わない」

「ただ死ね」

「死んで塵となれ」

歌うように少女達は言葉を紡いだ。

それに対して、男達は嘲りの言葉を返す。

「おいおい、そんな呑気《のんき》に話していていいのか？」

宗教騎士――、いや、元山賊の男は野蛮な本性を覗かせて言った。

「この場所は他と違ってだいぶ狭いよな～。そろそろ、麻痺ガスが全身に回る頃じゃねェか？」

先ほど投擲したのは、目くらましや逃走用の煙ではなかったのだ。

相手を痺れさせ、動けなくする麻痺毒の玉であったのである。

広い場所で使っても、たいした効果は無いのだが、この第二階層では有効な品物である。

当然、彼らは事前に麻痺消しの薬を呑んでいる。

「さぁ～て、聖神の名のもとに、たっぷりと楽しませてもら……がぁ⁉」

最後まで言うことは叶わず、先頭の男の頭が引きちぎられた。

煙の晴れた先にいたのは、全身から不気味な蒼い炎を立ち昇らせた女悪魔達である。

その女悪魔の一人が、獣のように変化させた手を伸ばして、男の頭をもぎ取ったのだ。

「この姿になるのに少々時間が必要。長々話してくれて感謝」

〝悪魔を宿した者《マレブランケ》〟の一人がそう呟き、男の頭を林檎のように握りつぶす。

半人半魔の少女達に、毒など効かないのであった。

この手の毒素はむしろ、彼女達の体を活性化させる回復薬として作用する。

「蹂躙を開始する」

悪魔の腕が唸り声を上げて振るわれようとしていた。

＊　＊　＊

地下迷宮の第三階層。

南方の熱帯雨林を思わせる樹木と沼地、そして古き神々をまつる神殿が乱立するこの場所を任されたのは、死山を作る無邪気な歪みし大悪魔《ギールイル・ギールガシア・ギーストリア》である。

それはシアの使い魔ギーの真の名であり、その真の姿は漆黒の巨大な悪魔なのだ。

光り輝くアーモンド形の緑色の瞳、巨大な蝙蝠《こうもり》の翼、四本の捻じれた角が生えた顔は狼にも獅子にも似た肉食獣そのもの。大きな口には子供ならば丸呑みできそうな鋭い牙がずらりと並んでいる。

四本の手に槍型の武器を持ち、四本の脚は不可思議な力で沼地の上を浮いていた。

鋼のような蛇の尾が三本あり、いずれもおぞましく蠢《うごめ》いている。

だが、そんなギーの巨体をもってしても、この場に召喚された精霊神の前では頼りなく見えてしまう。

（ぐぁあああーーーー！！！　あのエルフを血祭りに上げれば、このデカブツも消えそうだっていうのに！！！）

シアの——正確にはハルヴァーの命令により、女達を殺すことは禁じられているのだ。

そのため、神にも等しい原初の精霊に対して、正面から堂々と戦わねばならない。加えて、エルフ達の周囲には聖マウグリスト騎士修道会の宗教騎士達が揃っている。

如何《いか》に大悪魔とはいえ、できることには限りがある。

（あのデカブツがオレ様と互角ぐらいだとして……、エルフの娘や宗教騎士に加勢されたら、いくらオレ様でも勝機はねェゼ！）

焼き滅ぼしたはずの小悪魔が変貌したのを見て、精霊神である巨神は警戒したのか、攻撃を止めていた。

だが、いつまでも様子を窺っていることはないだろう。

戦況有利と判断したなら、即座に攻勢をかけてくるに違いない。

（だけど、オレ様一人だけでもねェンだよなぁ～）

巨神と悪魔の睨み合いが続く中、ギーは、影のように宗教騎士団に近づく暗殺集団〝黒蠅《スカニゲルム》〟の面々のことを思い出す。

総勢百名の騎士団に対して、暗殺集団は首領のルガルを含めても僅か三十名だが、彼らも地下帝国の精鋭である。上手く騎士団を潰してくれることを祈りながら、ギーはしばらくの間、囮《おとり》としての役割を果たすことにした。

「ギギギギ、ギィーーースゥ！！！」

口を大きく開けながらギーは高く跳躍して、四本の槍を突き出す。

悪魔の手の中の大槍の外見は、捻じれた角のようなものである。

以前、地下迷宮に侵入した僧兵を五人を纏《まと》めて串刺しにしたこともあった。たとえ肉体を持たない精霊相手でも、邪悪なる力の宿る悪魔の槍は同じように突き刺さる――はず。

だが、精霊神はそんな恐るべき四本の魔槍の突きを、燃え盛る指の間に挟んで、あっさり止めてしまった。

精霊神の下にいた騎士団の面々は、攻撃の奇跡を唱えようとするが、そこでギーはすかさず魔槍の力を解放した。

「――起動《アクティブ》、悪なる玩具《ギルアークペランディオ》」

槍はまるで生きているかのように蠢《うごめ》いて、幾重にも穂先《ほさき》を伸ばしながら、精霊神の下で固まっている宗教騎士達に襲い掛かっていく。

騎士達は慌てて奇跡による防御を行うが、そんな即席の守りを魔槍はあっさりと破り、何人もの宗教騎士を仕留める。

（ギィース、こいつら、精霊神がいなきゃただのザコだな）

ギーがそう判断した瞬間、巨大な剣が腹に突き刺さった。

「ギギィ!?」

エルフの娘、ソレイユが大剣を投擲したのである。

その細腕が投げたとは信じられないほどの威力だ。

ギーは思わず目を白黒させてしまうが、エルフの攻撃は終わらない。

「――攻撃《アタック》、雷鳴の息吹《ラスディブレイグ》」

放たれた雷撃は、大剣に吸い込まれていく。当然、串刺しになっているギーには凄まじい電流が流れることになる。

「ギギギギギギギギィイイイイ!!!!!」

本来は苦痛を知らない悪魔だが、シアと魂が混じり合ったことにより、猛烈な激痛に身もだえした。なまじ生命力が強いから、普通の生き物ならば死ぬような攻撃にも耐えられるのが、彼の不運なところである。

しかし、それで戦意が挫かれるようなことはない。

「ギィイイイス！　舐めるなぁ!!!!」

至高階級悪魔《アーク・デーモン》としての誇りか？

あるいはただの強がりか？

いずれにせよ、ギーは魔槍を捨て、体から黒い血を噴き出しながら、体を貫く大剣を抜き取った。

これほど大きな傷を負ってもギーはまだ死なない。悪魔としての生命力、あるいは宿主であるシアの「不死」の異能、もしくはその両方の影響によるものか、体を貫かれたぐらいで死ぬほど軟《やわ》ではないのだ。それを承知していたかのように、精霊神から追撃が放たれた。

すると風が集まり、鎌鼬《かまいたち》となって、ギーの体を切り裂いていく。ぼろ雑巾のようにされても、ギーは蝙蝠の翼を力強く羽ばたかせて、距離を取る。

地下迷宮の支配者により生み出された、地の底を照らす偽りの太陽に近づきながら、ギーは必死に生き延びようとしていた。

（こいつは、〝黒蠅《スカニゲルム》〟の面々が首尾よく騎士団を屠《ほふ》ったとしても、簡単に倒すことはできなそうだぜ……。あと一人、オレ様と同じくらい強い奴が欲しいぜぇ～）

そう愚痴りながら、大悪魔はエルフと巨神を睨《ね》めつけた。

＊　＊　＊

各階層で戦いが繰り広げられていたが、一番の激戦区は地下迷宮の第四階層、すなわち迷宮都市であった。

双頭の魔王イスホベルはハルヴァアーの攻撃を受けて、早々に消滅したかと思いきや、なんと即座に復活を果たし、猛攻撃に転じていた。

「悪魔がこの世界で形を保つには、かなり精神力が必要だよね？　もしも滅ぼされたら、復活までは魔界で相応の休息をとらなきゃならない」

ハルヴァーは悪魔について語る。

基本的に、天使や悪魔は不死不滅の存在。

彼らは天界および魔界と呼ばれる異世界の住人であり、この世界で滅ぼされたとしても、即座に元の世界に帰還し、傷を癒せば復活できる。完全に滅ぼすには、定められた時と場所で相応の手順を用い、真なる死を与えるしかない。

しかし、元の世界に追い返せば、傷を癒すまでの間、この世界に顕現できないはずだ。

ハルヴァーの一撃は、確かにイスホベルを滅ぼした。ならば、どうやって彼は即座にこの世界に帰還したのだろうか？

「そのドワーフが持っている魔導兵器の力かな？」

代償無くして勝利なし《コステエスヴィートリア》。

螺旋状に巻いた髪型――金髪縦ロールのドワーフ少女、ネージュの唱えた言葉である。

「クケケケ、さあ？」

「ケククク、どうかなぁ！」

魔王が腕を一振りすると、緑色の颶風《ぐふう》が巻き起こった。

迷宮都市に建てられた建物は、その風に触れたとたんに次々に腐り壊れていき、逃げ惑っていたゴブリン達も咳込みつつ倒れていく。

あらゆる物を腐らせ、生き物を苦しめる疫病を流行させる魔王の権能である。

その力は絶大で、ハルヴァーの鎧までも腐らせてしまう。

(滅ぼしても即座に甦るのなら、別の対処をするしかないね)

心の中でそう呟くハルヴァーの眼下では、聖マウグリスト騎士修道会の騎士達が弱って動けなくなった妖魔達に襲い掛かっていた。

妖魔だけではない。

地下迷宮に属する人間に対しても、彼らは情け容赦なく剣を振るい断罪している。

双頭の魔王が生み出した疫病の風は、味方である宗教騎士の動きを鈍らせることはないからだ。

「聖神の名のもとに！」

「邪悪なる魔は滅ぶべし！」

「讃えよ！　偉大なる聖神を！」

熱狂に支配された宗教騎士達は嬉々として、戦えぬ妖魔を嬲《なぶ》り殺していく。

虐殺から逃れようと、妖魔達は迷宮都市で最も丈夫な四方の砦か、中央の城に逃げ込んだ。宗教騎士達は、逃げ惑う妖魔の背を斬りながらも深追いは避ける。

そして、逃げ遅れた妖魔達に狙いを定めた。

それを阻むため、「悪徳《あくとく》の鋼鉄通り《こうてつどお》」にいる山羊の顔を持つ悪魔達が行く手に立ち塞がる。

彼らはアルアークとハルヴァーへの協力を決めた魔界の王達の命により、迷宮都市を踏み荒らそうとする者に制裁を与えようとしているのだ。

だが、第三階層で戦っている至高階級悪魔《アーク・デーモン》とは違い、彼らは下級悪魔《レッサー・デーモン》でしかない。

対魔装備に身を固めた宗教騎士が相手では分が悪かった。

騎士達の十字剣や奇跡により、下級悪魔は次々と葬られていく。

その様子を視界に収めながら、ハルヴァーは双頭の魔王に破壊の魔法を浴びせる。

「――禁呪《リチュアル》、四元素の崩壊《リフェメント》」

四角い魔法陣の頂点から、四色の光線が解き放たれた。

曲線を描きながら迫る光線に対して、魔王は即座に対抗呪文を唱える。

「――混沌障壁《イルプペルジャ》」

「――次元変質《ジルグゼルドナ》」

最初のは、世界が生まれる前の混沌を呼び出し、身を守る魔法である。

次に、次元を歪めて攻撃を跳ね返す魔法で対抗する。

いずれも、神の領域に到達した存在にしか扱えない秘術だ。

しかし、ハルヴァーが放った赤、青、緑、紫の光線は、イスホベルの守りをあっさりと突破した。

混沌を蹴散らし、次元を修復して、鷲の双頭を叩き潰し、翼を引き裂いてしまう！

「――――！！！！」

「――――！！！」

断末魔の叫び声を上げる間もなく、イスホベルの体は崩れ落ちる。

「――起動《アクティブ》、代償無くして勝利なし《コステェスヴィートリア》」

しかし、ドワーフの娘ネージュが再び再生の言葉を紡ぐと、魔王はまるで時を逆さに進むかのように傷を癒す。

だが今度は、ハルヴァーもそれを予想していた。

魔王が再生を果たす僅かな間に、飛翔の魔法を解除して、迷宮都市の一角にふわりと羽毛のように舞い降りる。

随伴《ずいはん》しようとする少年、青年、老人の三悪魔に対して、ハルヴァーは叱責に近い声音で命じた。

「私一人で十分、君達は宗教騎士を始末して」

「「「了解いたしました」」」

蒼い瞳に浮かぶ憎悪の炎を見た悪魔達は、ハルヴァーの怒りに触れぬよう即座に踵《きびす》を返して、妖魔達の助けに向かう。

「クケケケ、無駄無駄ぁ～！」

「ケククク、観念したらどうだぁ～？」

ドワーフの娘を肩に乗せたまま、双頭の魔王も地に降り立った。

余裕の態度を崩さない魔王を見て、地下帝国の皇女ハルヴァーはいつも通りの邪悪な笑みを浮かべる。

「確かに、殺すのは無理みたいだ。何故かはわからないけど、君とそのドワーフは魂の絆で結ばれている。どちらか片方が消滅しても、どちらかが残っていれば即座に復活する」

「ぐげ？」

「げぐ！」

ハルヴァーの鋭い洞察に、魔王は喉を詰まらせたような声を上げ、双頭の顔と顔を見合わせた。

どこか滑稽《こっけい》な姿だが、狡猾な悪魔のことだから、相手を油断させるための演技かもしれない。

だがハルヴァーは、そのひょうひょうとした態度とは裏腹に、一欠《ひとか》けらも相手を侮ってはいなかった。

彼女は耳に心地よい声音で問いかける。

「たぶん、対処方法としては、二人を同時に始末するのが良いんだろうけど……。その辺はきちんと対策しているよね？」

長く艶のある黒髪を弄《いじ》りながら質問するその姿は、戦場であることを忘れてしまいそうである。

兄と同じく完璧な美貌とその神性は悪魔でさえ虜《とりこ》にするが、さすがに魔王と呼ばれる存在には効果がない。

「クケケケ、さぁ、どうかな？」

「ケククク、ご想像にお任せしよう」

鷲の表情はわからないが、魔王イスホベルは先ほどに比べて警戒を強くしている。最初は不意の一撃で滅ぼされ、次は正面からの一撃で滅ぼされているのだから。

加えて、ハルヴァーは、魔王とドワーフの間に繋がりがあると感じ始めていた。

魔王にとって、不利な状況であることは確かだ。

だがそれでも魔王は、己の勝利を信じている。

(タネがばれたとしても……、オレ様達は滅びねェノよ)

(何故なら、この地下にいる他の魔物と娘達すべて！　そして聖王国にある媒介とも繋がっているんだからなぁ～。聖王国の地下迷宮に掛けられた秘術は破ることなどできねェノさ)

双頭の魔王は心の中でほくそ笑む。

今地下迷宮に攻め込んでいる竜王である白竜、異教の神である死神、精霊神である巨神、魔王イスホベル、天使長アザナルドのそれぞれが憑依の対象としている娘達、聖王国には触媒として利用されている公爵の存在もある。

魔王を滅ぼそうとするのなら、そうした全員の命を同時に奪わねばならない。

そのような芸当は、如何にハルヴァーといえども不可能である。

だが、ハルヴァーの笑みは崩れない。

それどころか、「なるほどね」と、まるですべてを理解したかのように楽しそうですらあった。

「面白い仕掛けだね。聖王国の地下迷宮……、ズルいなぁ～、迷宮の外にも影響を与える権能なんて……、ルール違反だよ」

ハルヴァーの口から出た言葉に、魔王は思わず唸り声を上げる。

何故、わかった？　そう問いかける間もなく、ハルヴァーは続けた。

「まあ、それは私達も同じようなものかな？」

そして、彼女は深淵《しんえん》な魔の言葉を唱える。

「――降魔《デモニティ》、淫靡《ベ　ル》にして無慈悲《デ　ュ　ー　ス》なる魔王」

すると、地下迷宮全体が鳴動し、イスホベルに勝るとも劣らぬ巨体が現れた。

それは、三面六臂《さんめんろっぴ》の魔神、双頭の魔王イスホベルと同格――、いや、それ以上の力を持った存在が、この世界に顕現した瞬間であった。


ハルヴァーの指示により、宗教騎士達に狙いを定め直した三悪魔は、上級悪魔《グレーター・デーモン》と呼ばれる悪魔の上位種である。

以前は、神として崇拝されていたこともある。

もっとも、神であった頃は信者数の少ない弱小勢力であった。旧世界が滅び、聖神教会の影響力が広がるまでの話だ。

迷宮都市の各地で繰り広げられている妖魔や下級悪魔の虐殺は、聖神教会により古き勢力が蹂躙されていった時代の光景を、彼らに思い出させた。

聖神教会に従わぬ者は殲滅するべし。

聖王国が大きく発展してきた時に、掲げた方針のひとつである。

聖神の教えに従うことを強要し、従わない者は悉《ことごと》く滅ぼされた。この風潮は、滅ぼす相手がいなくなった後も、妖魔狩りや蛮族狩りとして継続し増長していった。

「聖神の名のもとに！」

宗教騎士達が、聖神の名を讃えながら攻撃してくる。

手にしているのは、聖銀の太矢《ボルト》が装填《そうてん》されたクロスボウだ。

聖銀とは、聖神教会の司祭が聖別した銀を指す。

その特別な銀は破魔《はま》の力を宿しており、獣人や不死者、悪魔にとっては毒に等しい。聖銀の武器は、鉄や鋼の武器よりも大きなダメージを与え、再生を阻害する。

風を切る音と共に、数多の太矢《ボルト》が放たれた。

「――黒き守り《ダルグシェル》」

老紳士の姿をした悪魔が即座に守りの魔法を唱えると、黒いカーテンのようなものが出現して、太矢《ボルト》を闇の中に呑み込んでしまう。

「聖神の威光に屈し、一〇一二柱の魔王は魔界と呼ばれる世界を作り出して逃げ込んだ」

三悪魔の一人、青い髪の美青年は懐《なつ》かしむように語りながら、獣の腕に魔力を込めて辺りを薙ぎ払う。

悪魔となる前の彼は、吹き荒れる嵐の化身だった。

今は滅びた民から、「嵐を呼ぶ狼」として崇拝されていたこともある。

その腕を一振りするだけで突風が巻き起こり、宗教騎士達は吹き飛ばされて建物に激突した。

「あらゆる負の感情で満たされた世界で、僕らは光を憎悪し続けていた」

エルフのような耳をした褐色肌の少年悪魔が言葉を繋ぐ。

彼が手をかざした瞬間、宗教騎士の何人かが一瞬で老化してしまった。

若さを奪い取られたのだ。

崇拝者には永遠の若さを与え、敵対者は老いさせる。酒と踊りが好きで、自分を愛する者はとことん愛し、自分を嫌う者はどこまでも嫌う。

そんな、子供のようなところのある悪魔なのである。

いや、今は悪魔に身を堕としているが、かつては豊穣《ほうじょう》の小神、それこそが彼の正体だった。

「逃げた我らがいかに力を蓄えても、独力でこの世界に顕現することは、ほとんど不可能となった。故に、この世界に招き寄せてくれたアルアーク様とハルヴァー様には心から感謝している」

と、山羊の角を生やした初老の悪魔は嬉しそうに呟いた。

その影が長く伸び、陣形を組もうとする宗教騎士達を余さず拘束していく。

動きを封じられた騎士達に、先ほどまでやられていた下級悪魔や妖魔達が群《むら》がり止めを刺す。

老紳士の姿をした悪魔がそれを満足げに眺めていた。

その正体は、あらゆる種類の愛を囁き、あらゆる婚姻《こんいん》を認める愛の神なのである。

聖神教会では、愛がなくても持参金や親の命令で結婚をする者達も認めていたが、そうした方針に対して、彼と彼に従う者達はかつて激しく抵抗した。そして、敗北した。

今や、すべての婚姻は聖神教会が取り仕切っており、愛のない婚姻も堂々と承認されている。逆に、互いがどれほど愛し合っていても持参金などを理由に婚姻を認めぬことがある。

それがこの悪魔にはどうしても許せなかった。

故に、ここへ招かれた時は歓喜《かんき》した。

「栄《さか》えたるものは朽ち果てる」

「あらゆる秩序を灰燼《かいじん》に帰し」

「新世界の凱歌《がいか》を歌おう」

邪悪なる下級悪魔と凶悪なる妖魔達は、上級悪魔という心強い援軍を得て、狂喜乱舞《きょうきらんぶ》しながら宗教騎士達に襲い掛かる。

しかし、騎士集団もまた狂信者の群れである。

口々に教義を唱えつつ、すかさず隊列を組み直し、徹底抗戦の構えを取った。

迷宮都市の戦いは、いよいよ佳境《かきょう》へ突入していく。

＊　＊　＊

第四階層では激戦が繰り広げられていたが、その下の第五階層での戦いは静かに進行していた。

他の階層とは違い、天使長アザナルドが自ら地下迷宮を破壊することはない。

ただ厄介なことに、憑代《よりしろ》としている娘アルメや聖マウグリスト騎士修道会の宗教騎士達に守護と再生、さらには覚醒《かくせい》の奇跡を用い、戦闘能力を極限まで高めていた。

第五階層を守護する魔物は一筋縄ではない魔獣――、人食い魔獣《マンティコア》や謎かけ魔獣《スフィンクス》、双頭の魔犬《オルトロス》などが配置についているが、その数はまだ多くはない。

今は〝流血卿《ブラッディ・ロード》〟の指揮の下、なんとかもっているが、一度崩れてしまえば、後は蹂躙されるのみである。

天使長アザナルドさえなんとかすれば逆転できるのだが、聖なる存在である天使に対して、魔法帝国民の魂で構成されている〝流血卿《ブラッディ・ロード》〟や自然ならざる存在の魔獣達では相性が悪い。

天使とは対《つい》の存在である悪魔達も、今は迷宮都市の守りで手が離せなかった。

ただ仮に悪魔達が動けたとしても、天使長を守るかのように展開されている光輪《ハイロウ》に動きを阻まれることだろう。

そして、天使長の憑代となっている娘アルメのもとに向かった勇者カイルは、心臓を串刺《くしざ》しにされて、絶命した……かに見えた。

「あれ？」

「アルメ……、ごめん」

心臓を貫かれながらも、カイルは前に進み、アルメを優しく抱きしめていた。

「……なんで？　生きているの？」

あらゆる理《ことわり》を覆す勇者といえども、心臓を貫かれれば死んでおかしくはない。

まして勇者対策が施された地下迷宮では、世界の加護《かご》は受けられないはずだ。シアのように「不死」の異能者であれば話は別であるが、カイルにそのような力はない。

「アルメ、話を……」

カイルが言い終わらぬうちに、アルメは返り血を浴びるのも構わず、素早く細剣《レイピア》を引き抜いた。

すかさず、引き戻した細剣《レイピア》を再び突き刺した。

今度は右肺を狙ったが、カイルは致命傷を負った者とは思えぬ力強さで剣を操り、アルメの一撃を弾き返す。

それを拒絶ととったのか、娘は顔を憎悪に歪ませる。

「――ッ！」

喉、右肩、左太もも、右耳、左目と、まるで啄木鳥《きつつき》のように、目にもとまらぬ速度で鋭い突きを何度も繰り出す。

天使長の奇跡により、身体能力を極限まで高められたアルメの猛攻を、堕ちた勇者カイルは捌き

続けた。

さながら演舞《えんぶ》のごとき優雅な剣劇《けんげき》だが、アルメの一撃にはどれも必殺の殺意がこもっている。

「私を！　私を選んでよ！　他の女に目移りしないで！　私だけを見てよ！」

アルメはドロドロとした感情を、カイルに向けた。

心の中に鬱積《うっせき》した想いが、彼女の意思と関係なく吐き出される。

そして、それを生み出し育てたのは、間違いなくカイルだった。

邪悪なる加護を受けし勇者は、愛する者の憎悪を二本の長剣《レイピア》で受け止めながら、ここまで仲間の憎悪を育ててしまった自分の愚かさを悔いて顔を歪ませる。

「気を持たせるだけ持たせて、他の女を取るなら、最初から優しくしないでよぉ！」

叫びと共に、一直線に伸びる白刃《はくじん》。

アルメは涙を流しながら、カイルの脳天を貫こうとした。

愛憎入り混じる情念に狂う、何処までもまっすぐな太刀筋に――、カイルは左手を犠牲にする。

間一髪だった。得物を捨て、心臓を貫かれるのを防いだのだ。

「……ごめん」

カイルはもう一度謝罪し、細剣《レイピア》を深く食い込ませアルメに近づく。

彼女が細剣《レイピア》を一閃させれば、カイルの左手を完全に引き裂けた。

だが、細剣《レイピア》の刃を伝わって、勇者の朱い血がアルメの手に触れた瞬間――。

「あっ……」

アルメのエメラルド色の瞳に一瞬だけ、正気の色が戻る。

「俺は君達に辛い思いをさせた。だから、本当に俺を殺したいのなら、この命を捧げても良い。でも、どうかもう一度だけチャンスが欲しい。今度こそ、絶対に幸せにする」

「この浮気者……」

勇者の独白を聞き、アルメはギリッと歯を鳴らす。

怒りのまま、細剣《レイピア》を一閃させようとすると、武器が光の粒子《りゅうし》となって消え去ってしまった。さらに、カイルはアルメから離れた場所に転移させられた。

「!?」

驚くアルメに、冷たくも威厳に満ちた声がかけられた。

「双方、やめよ。埒《らち》が明かぬ」

地下帝国を統べる王アルアークの声だった。

傷を癒した彼はハルヴァーを通して現状を把握し、最も苦戦している階層、すなわち第五階層に向かったのだ。

そして、アルメの武器を破壊すると共に、カイルを自分の傍に転移させたのである。

「女よ、カイルはすでに私のものだ。勝手に傷つけるな」

「わ、私のもの？」

アルアークの言葉を聞き、アルメは体を震わせた。

「カイル君、あなたは女だけじゃなく、男まで……」

「なかなか、面白い思考回路を持っているようだ」

アルメを興味深そうに見ながら、アルアークはカイルに命じる。

「この女の相手は私がしよう。カイル、お前は天使長を引きつけろ」

「陛下……、彼女は私が！」

「今のお前には荷が重い。あれは優しさではどうにもならん。安心しろ、私は配下の女を取るほど飢えてはおらん。約束通り、全員を殺さずにお前に引き渡すようにする」

地下帝国の王に対して、アルメは今までで一番激しい憎悪の視線を向けた。

だがアルアークはものともせず、冷たい微笑を浮かべながら完璧な一礼をして宣告する。

「私は地下帝国の王アルアーク……、少しばかり遅れたが、ここに宣戦を布告する。さあ、そちらも名乗るがいい。戦の礼儀だ」

「アルメ……、〝烈風の〟アルメ！　カイル君を惑わす奴は誰だろうが容赦しない！　カイル君は、カイル君は私だけのモノなんだからぁ！」

　獣のように吼えると、アルメは奇跡を唱えた。

「——補助《サポート》、すべてを貫く光剣《カルシュバート》」

アルメはその二つ名の通りの烈風となって、アルアークに襲い掛かった。

それに対してアルアークも、冷たい微笑を浮かべつつ魔法を紡ぐ。

「――妨害《ディスターブ》、黄金の戒め《ジュベルヘイイレス》」

無数に展開される魔法陣。

そのどれもが黄金色に光り輝き、アルメを拘束しようとする。

しかし、アルメはそのすべてを抵抗《レジスト》してしまう。

彼女が身に宿した異能は「魔法への完全耐性」である。

どれほど強力なものであろうと、彼女に魔法は効かない。

それは、地下帝国の主アルアークの魔法とはいえ例外ではない。

「なるほど、話の通りだな」

アルアークは冷たく笑う。

アルメの特性については、当然ながらカイルから聞いている。それでもあえて魔法を放ったのは、話の真偽を確かめたかったからだ。

そして、それは真実であった。

元聖堂騎士団所属の女騎士アルメ。

ありとあらゆる魔法を無効化し、〝烈風〟の二つ名に恥じない細剣《レイピア》捌きを見せる女騎士。

だが、アルアークは動じることなく、傲慢《ごうまん》に命じる。

「カイルともども、地下帝国に仕えるがよい」

「死ねェ！」

返ってきたのは、憎悪を込めた一撃。

だが……。

第五章　地下帝国の防衛戦・後編

妖魔の住む森に向かったデリト達が目にしたものは、惨殺《ざんさつ》された妖魔の死体の山だった。

この里を支配していた竜も、激しい戦いの末に殺されている。

竜の体は武器や防具の材料となり、高値で取引されるため、その命を狙う冒険者や騎士、狩人などは少なくない。

だが、今回の場合は違う。

牙や角、爪、鱗が剥《は》がされた様子はない。

日々の糧を得る目的ではなく、ただ殺すために殺した。

そんな印象を受ける。

「……これは」

デリトは呻《うめ》いた。

魂まで奪われたような虚ろな眼窩《がんか》が恨めしそうに、彼の方に向けられている。

「首領！」

一緒に来ていた人狼の娘クロイスは悲鳴にも似た声を上げた。

森の守護者が殺されたことに、悲しみと怒りの涙を流す。

そして、同胞であった人狼達の亡骸《なきがら》を見て、彼女はより一層強い悲嘆に暮れた。

デリトも人間ではあるが、地下迷宮の住民として暮らしていたので、少なからず人以外のモノにも感情移入し始めている。クロイスほどではないものの、妖魔や竜が死んだことに悲しみを覚え、思わず聖印を切ろうとしてしまう。

だが、聖神教の教義を思い出し、その手を止める。

（……彼らには死後の安息はない）

聖神教会は死後の世界について、以下のように説いていた。

人は死ねば、聖神のいる楽土《らくど》にて永遠の安息を得る。

しかし、妖魔や竜などに死後の居場所はない。

彼らは人々から土地を奪い、殺してまわる邪悪な存在であり、祝福されざる存在なのだ。

少し前のデリトも、妖魔に対してそう考えていた。

そんな自分が、彼らのために祈るなど許されるとは思えない。

「デリト」

恋人の苦悩を察したのか、ローナがそっとデリトの手を握る。

人の温かさを感じて、青年は恋人を見た。

「ローナ……」

何が正しいのか、デリトにはわからない。

主人である地下迷宮の化身アルアークやハルヴァーならば、己の行為が悪とわかっていても迷わず自分の信じる道を進むだろう。

彼らに忠誠を誓う闇の眷属達は、主の進む道の善悪を気にすることなどしない。

「アルアークとハルヴァーのため」という前置きがつくなら、どのような行為にも嬉々として手を染めるはずだ。

それに対して、敵対者の聖王国はどうか。

「聖神のためならば」という風に言葉が変わるだけで、やはりどのような行為も正義と断じ、遂行するかもしれない。

だが、今のデリトにはそこまで割り切ることができなかった。

そんな煮え切らない態度を、アルアークとハルヴァーは歓迎している。

「デリト、何か光っている」

「ん？　これは……」

ここに来る途中で出会った不思議な少女、モニカから手渡された宝珠《オーブ》が、光を発しているのだった。

――神の慈悲《ル・ガルンドロウ》は此処に。

モニカがそう言って、デリトに託した品物である。

まるで、デリトの苦悩を理解したかのように光を放っていた。

「これは……、ここに来る途中でもらった」

捨てることができずに、持っていたのだ。

いや、その存在をローナに指摘されるまで、忘れていたといってもよい。

忘れられないほど印象的な顔だったはずなのに、不思議とモニカの顔が思い出せない。

「使えということでしょうか？」

デリトは呟くが、宝珠《オーブ》はただ力強く輝くのみである。

何が正しいことなのか、デリトはわからない。

だが、できることはしてあげたいと切《せつ》に願った。

「何が起こるかわかりません。ローナ、下がってください」

ひょっとしたら、これは手の込んだ罠で、使った瞬間に爆発するのでは。そう警戒して、デリトは恋人を遠ざけようとするが、狩人の娘は青年の傍《そば》を離れない。

「ううん。デリト、私も一緒にいる」

「……ローナ。わかりました。何か起きたら、頼みます。クロイスさん、離れてください」

人狼の少女は不思議そうな顔をするが、呪いを癒してくれた神官の言葉に従う。

クロイスが十分に離れたのを見た後、デリトは竜の死体のもとへ行き、己の想いを乗せて教えられた言葉を口にした。

「――起動《アクティブ》、神の慈悲《ル・ガルンドロウ》は此処に」

その瞬間、宝珠《オーブ》は一段と力強く輝き始める。

白い光の輝きが広がり、デリトとローナ、そして竜や妖魔の死体も――すべてを包み込んでいく。

唯一、距離を取っていたクロイスだけが光から逃れられたが、あまりの眩しさのため、光の中で何が起こっているのか全くわからない。

「いったい、何が……」

人狼の娘は呟く。

光の輝きは強かったが、不快なものではない。

心地よい春風のような安らぎを与え、同胞を失った少女の心を僅かに慰めてくれた。

時間にして一分程度だろうか？

光は徐々におさまっていき、通常の視界が戻ってくる。

驚いたことに、死体はすべて消え去っていた。

その代わりに、いくつもの林檎の木のような樹木が生まれている。

「デリトさん、ローナさん？」

クロイスは神官と狩人の名を呼ぶ。二人が何をしたのか聞きたかった。

木々の中心に、二人はいた。

デリトの方はかなり疲労しているらしく、びっしょりと汗をかいて肩で息をしている。

ローナは心配そうにデリトに肩を貸していた。

「いったい何を……」

したんですか？　そう問いかける前に、赤子の泣き声が聞こえた。

「？」

クロイスは慌てて、声のする方に目を向ける。

声は木の洞《うろ》から聞こえており、そこには、何人かの赤子がいた。

「この赤子は？　いったい……」

赤子は皆、人のようであるが人ではない。

ある赤子には狼に似た耳と鋭い犬歯が生えていた。

また別の赤子は、竜のような翼と尾がある。

うっすらと緑色の肌をした赤子もいれば、蛇のような舌を持つ赤子もいた。

「生命樹《セフィロト》……」

疲労困憊《ひろうこんぱい》しながらも、デリトはそう呟く。

「死後の祝福がないのなら、今一度、良き生をと願い……」

「デリト、しっかり」

少しばかり正気を失ったように目を閉じる神官。

ローナは軽く肩をゆすって意識を取り戻させようとした。

焦点の合わない目で、ローナを見ながら、デリトは問いかける。

「上手くいったのですね？」

「ええ」

断言するローナに、デリトは満足そうな笑みを浮かべて、ついに気を失う。

「大丈夫ですか？」

「うん、気を失っているだけ」

淡々とそう語っているが、ローナは感情を出すのが苦手だった。内心は恋人のことを相当心配していた。

「いったい、彼は何をしたんですか？」

「……」

クロイスは赤子を抱えながら問いかけるが、ローナは何も答えない。口で説明するのは難しいと判断したのだ。

女狩人はデリトを楽な姿勢にする。

クロイスはそれ以上は何も聞かずに、生命樹《セフィロト》から生まれた子供達をあやすことにした。

先ほどまでクロイスの胸を支配していた悲しみは、新しい命を前にして少し和らいでいる。が、同時に新たな不安も胸をよぎる。

（苦もなく竜を倒すような相手と戦い、地下帝国は無事なの？）

人狼の娘は遥か遠くにある地下帝国に目を向けた。

＊　＊　＊

地の底で行われる闘争。

いずれも神話に語られるほどの力を持つ聖王国の魔物の襲撃を受けながら、地下帝国の軍勢は各階層でそれぞれの手段によって、魔物をある場所まで誘導しようとしていた。

まずは、白き竜王《ホワイト・ドラゴンロード》。

あらゆるものを凍てつかせる炎を吐き出す白竜に挑むのは、二人の騎士である。

一人はソフィ。

元々は聖王国に忠誠を誓った騎士であったが、シアに施された洗脳により、今や完全に地下帝国の先兵となっていた。

彼女は不格好なバケツ兜と鎧を身に纏《まと》い、巨大な大楯を手にして、ゆっくりと前進する。

もう一人はコーリアス。

フェーリアン王国に仕えるこの女騎士は、流麗《りゅうれい》な白銀の鎧兜を身に着けて、巨大な槍を手にソフィの後ろについて行く。

「あのぉ～、この楯……。本当に大丈夫なんでしょうか？」

と、ソフィは手にした巨大な楯を掲げる。

最果《ワールドエッジ・タワーシールド》ての大楯。

遥か西の海を越えた先にある島で発掘された古代の楯である。

楯に刻まれた禍々しい文字から闇の魔力が絶えず噴き出しているため、邪悪なる加護を持たぬ者が手にすれば、一瞬で骨まで腐ってしまう。聖王国への忠誠心が消え、闇に帰依《きえ》したソフィだから手にできるが、コーリアスには持つことができない。

「竜の吐息を遮ることができるって謳《うた》い文句の品よ。買い手がつかなかったらしいけど」

「……それは、売れ残り品なのでは？」

何故だか自慢するように言うコーリアスに、ソフィは小さな声でツッコミを入れた。

その言葉を無視して、コーリアスは投げ槍《ジャベリン》を掲げる。

滅《スピア・オブ・ルイン》びの槍。

真《ミスリル》なる銀で作られた精緻《せいち》な槍は、さながら芸術品のように光り輝いていた。希少な金属をふんだんに使った槍先には、ドワーフの鍛冶師が施した特別な仕掛けがある。数多の竜を屠《ほふ》った業物《わざもの》で、別名「竜殺しの槍」と呼ばれる秘宝だった。

盗難防止用の魔印《ルーン》が施された品物は、闇の加護を受けたソフィや妖魔達を拒絶する。だが、コーリアスは性格や言動にこそ難《なん》はあるが、フランディアルに忠誠を誓うただの騎士である。

「あぁぁ、幸せ〜」

手にした槍に頬ずりしそうなコーリアスを見て、「ずっと目をつけていたんですね」と、ソフィは溜め息をつくように言った。

どちらも、目が飛び出るような高価な品物なのだが、コーリアスはこの緊急事態を利用して、闇商人から値切りに値切って買い取ったのだ。

コーリアスは騎士であると同時に、熱心な収集家《コレクター》でもあった。

豊かになり始めたといえども、未だ小国であるフェーリアンの騎士コーリアスの給金は高くない。

フランディアルと闇商人に繋がりができた時、商品を見せてもらったのだが、その時にめぼしい物にあたりをつけていたのである。

「大丈夫、私の目利《めき》きは確かだから」

「……」

バケツ兜の奥で、ソフィはジト目になった。

収集家《コレクター》という輩は自分の目に根拠のない自信を持つものなのだ。

しかし的中率は半々。

つまり、あてにならない。

「それよりも、竜との距離は？」

ソフィは探索地図《サーチマップ》を広げ、位置を確認する。

「距離は直線で三百ほどです。すぐにでも接触しますよ」

その言葉は正しく、直後に地響きが鳴り渡り、竜の巨体がぬっと姿を現す。

魂を消し飛ばすような竜の咆哮が、ソフィとコーリアスの脳天を直撃した。

《《ギャァアアアア――――――――！！！！》》

ソフィはとっさに楯を掲げる。

精神を砕きかねない竜の声に対して、楯は自動で威力を発揮した。楯に刻み込まれた禍々しい文字が紫色の輝きを放ち、竜の絶叫を吸収してしまったのである。

「あわわわわわ！」

がたがたと震えながら、ソフィは大楯を放さない。

しかし白竜は、咆哮の一撃をいなされたことで、かえって興味を持ったようだ。

獰猛《どうもう》な笑みを浮かべ、猫が鼠をいたぶるように語りかける。

【今度はアンタ達が相手かい？　あたしの前に立った勇気に免じて、鎧ごと噛み千切ってあげようかねェ～】

その口上の間に、コーリアスは問答無用で槍を投擲した。

竜を滅すると謳われた槍は白竜の肩に突き刺さるが、大したダメージは与えられない。

【ほぉ、あたしの鱗を貫くとは大したものだ。同族の血をだいぶ吸っているねェ～。だけど、竜の王であるあたしを殺すには物足りないよ】

そう言って、槍を引き抜こうとするが、槍はビクともしない。

【ん？】

よく見れば、鎖のようなものが付けられていた。

その鎖は投擲者《コーリアス》の手元まで伸びており、投げ槍《ジャベリン》というよりも、まるでクジラ獲りに使われる銛《ハープーン》のような形状に変化している。

「――起動《アクティブ》、巨人の力《ギガンディア》を我に」

コーリアスはそう叫ぶと、思いっきり槍を引っ張り後退した。

それと同時に、巨象《エレファント》数頭に匹敵する白竜の巨体が引きずられる。

その力を引き出したのは、彼女の持つ魔法の槍に宿る力だ。

滅びの槍《スピア・オブ・ルイン》には、いくつか細工が施されている。

まず、この投げ槍《ジャベリン》が突き刺さると同時、釣り針のような「かえし」と使用者まで伸びる釣糸のような真なる銀《ミスリル》の鎖が自動で発生し、投げ槍《ジャベリン》から銛《ハープーン》に変化するように作られているのだ。

それに加えて、獲物を逃がさぬように、使用者に巨人の如き怪力を与える魔印《ルーン》が仕込まれている。

魔印鍛冶師《ルーンスミス》と呼ばれるドワーフ達が、空高く舞い上がる竜を逃がさぬために用意した仕掛けである。

「……ぐ、お、重たい」

そう言いながらも、コーリアスは確実に後退していく。

白竜は爪を床に喰い込ませて踏ん張るが、ゆっくりと引きずられていく。

口を大きく開き、竜は必殺の息《ブレス》を吐き出す。

（あ、あの竜の攻撃を全部防いでください！）

ソフィは祈りながら、楯の力を発動させる。

「――起動《アクティブ》、蒼き楯の公女《ザーフィア》」

その言葉に応じて、白い鎧を身に着けた蒼い髪の女神が現れた。女神は竜の攻撃から騎士達を守るように、正面に半透明の障壁を生み出す。

竜が吐き出す冷たい炎は障壁に触れた瞬間、霞のように消えてしまう。

白竜は攻撃を阻まれたのを見て、次の手とばかりに、恐るべき魔法を解き放つ。

【――攻撃《アタック》、凍える刃《チヴェルブレンド》】

氷の刃が吹雪のように襲い掛かるが、その猛吹雪も女神が生み出した障壁を突破できずに、消滅してしまった。

「おおぉ！」

ソフィは驚きと喜びが混じり合ったような声を上げる。

「さすが、使用者の寿命を消費して生み出す不敗の楯！」

「ハァ!?　今、なんかすごく重要なことを言いませんでしたか？」

体を震わせるソフィに、コーリアスは「あ、しまった……」と失言を悔いた。

自慢話は収集家《コレクター》の性《さが》である。

気を緩めれば、ついつい語ってしまうのだ。

「けど、貴女は結構長く生きそうですから、多少すり減らしても大丈夫ですよ」

「これ使うだけで、いったいどれくらいの寿命が失われるんですかぁあああ！！！！」

フォローになっていないフォローに、ソフィは大声で泣き叫ぶ。

しかし、今ここで栖の力を解いてしまえば、寿命を気にするまでもなく二人で仲良くあの世行きだろう。

【おのれ！　虫けらの分際で！】

竜は悪態をつく。

【分不相応な道具を持ち出して、小賢《こざか》しいったらないね！】

二人の騎士が何を考えているのか、白竜には解《げ》せない。

人が蟻《あり》や蚊の行動を理解できないのと同じだ。

とはいえ、騎士達が自分をどこかに連れて行こうとしているのは理解できた。

それでどうこうなるわけではないが、相手の思うままにされるのも癇《かん》に障《さわ》る。人間でも、蟻が体をよじ登ってくれば手で払うだろうし、蚊が血を吸えば叩き潰す。それと同じように、竜は炎を吐き、魔法を使った。

しかし、虫けらと思っていた相手が不遜《ふそん》にも意外な抵抗をしたのである。

片方が攻撃を防ぎ、もう片方が引っぱる。

【鎧ごと喰らってやろう！】

あえて前に進み、二人を丸呑みにしようとした。

あまりに巨大な竜が突撃して来る姿を見て、二人は思わず悲鳴を上げる。

「うぁあああああーーーー！！！！」

「ひぃいいいいいーーーー！！！！」

が、どうしても騎士と竜の間に張られた障壁を突破できない。

《《ギャアアアアアア――――――――！！！！！》》

白竜は苛立ちと無念の入り混じった咆哮を上げた。

【その楯……、一度守りの態勢に入ったら、絶対に突破できないように作られているんだねぇ】

白竜は忌々しそうに語る。

竜が見破った通り、最果ての大楯《ワールドエッジ・タワーシールド》はひとたび守りに入ったら、圧倒的な防御力の障壁を作り出す代物なのだ。

今回の場合、ソフィは竜に対する防御を願い、楯の力を発動させた。

この時に現れた障壁は、目前の竜からの攻撃に対して、絶対にも等しい耐性を得たのである。

ちなみに、ソフィ、そしてコーリアスも知らぬことだが、楯に命じてある一種類の防御力を持たせた場合、楯の持ち主が失う寿命は一年ほどだった。

よって、さしたる影響はないのだが、ただ、二人は失念していた。

こちらが二人組ならば、敵も二人なのである。

【じゃあ、この子に働いてもらおうかね】

竜は自分の頭の上に乗った少女に語りかけた。

【ヴィレット、お前の兄を誘惑した女がいるよ。さあさあ、殺して奪い返すんだ】

竜の言葉に、少女は頷く。

「お兄ちゃんは誰にも渡さない」

勇者の義妹《いもうと》にして、兄と同じく二刀流の使い手である舞姫ヴィレット。

彼女は宝石の飾られた曲刀を抜き放ち、竜に専念する女騎士達に襲い掛かっていった。

＊＊＊

コーリアスとソフィが白竜の相手をしているのと時を同じくして、ヴァルデフラウとその一行は地下遺跡の奥に、宗教騎士達を誘い込んでいた。

身軽な彼女達に比べて、宗教騎士の動きは遅い。

よって彼女達は逃げ切ることも可能だったが、逃げると見せかけて、あえて追いつける速度で逃走を続けていた。

これは、戦闘狂のオークやミノタウロス、臆病なゴブリン、そして知性のない動物達にはできない芸当である。

「嘆きの仮面《グリーフ・マスク》」をつけたヴァルデフラウ――サシャは、ゆっくりと後退しながら、目的の場所まで彼らを誘導することに成功した。

「サシャ様、敵の大部分はこちらに向かって来ます」

部下の報告を聞き、サシャは残酷な笑みを浮かべる。

「哀れな獲物が、罠にかかったわ」

地下迷宮の罠には大きく分けて、三つのタイプが存在する。

獲物が罠を発動させる自動発動式《オート》。

地下迷宮の住民が発動させる手動発動式《マニュアル》。

そして、特定の条件下でのみ発動する特殊発動式《スペシャル》。

宗教騎士団が誘導されたのは、ハルヴァーにより「刃の回廊」と名付けられた場所である。

この地点には、その三タイプの罠がフルコースで仕掛けられていた。

「始めなさい」

サシャは手動発動式の罠を発動させるように命令を下す。

生き残った妖魔達が壁に仕掛けられたレバーを動かすと、宗教騎士達の進んでいた通路の床下から、回転式の刃が顔を出した。

耳をつんざく音を響かせながら、回転式の刃が回る。

突如現れた回転刃を避けられなかった憐れな騎士達は、鎧ごと体を両断された。

運よく回避に成功した者も、機械的な音を上げて立ち塞がる回転刃により分断されてしまう。

集団行動は不利と判断して、バラバラに動こうとした者達に、今度は自動発動式の罠が襲い掛かる。不運にも遺跡の一角に迷い込んだ者達は箱罠《ボックス・トラップ》の餌食となった。

箱罠とは、箱の中に入った動物を捕らえる狩猟用の仕掛けだ。もちろん、地下迷宮の箱罠は人間用に改造されている。

この罠の特徴は、一度獲物が中に入ったら、出ることは絶対に不可能という点である。

この窮地に、宗教騎士の一部は聖神の奇跡に頼ろうとした。

鋼の如き体になる奇跡の力や、地下迷宮の外に一瞬で退避する奇跡を使おうとしたのだ。

しかし、特殊発動式の罠がそれを妨害した。

この「刃の回廊」には、魔法や奇跡を封じる罠が幾重にも張り巡らされている。

騎士達は届かぬ祈りを唱えながら、無数の罠に切り刻まれ、捕らわれていく。

その光景を見ながら、女妖魔は愉《たの》しそうに笑いを響かせる。

＊　＊　＊

第二階層と第三階層を繋ぐ螺旋階段にて、シアと死神の交戦が続いていた。

攻撃の手を緩めないシアと、その攻撃を受け流しながら反撃に転じる死神と鍛冶師。

両者の勝敗は、どちらが先に致命傷を与えるかにかかっていた。

シアは下の段に降りると、鍛冶師の娘に激痛を与える呪いの呪文を放った。

「――呪法《カース》、激痛の癒し《ヴァンナ》」

しかし、死神とリーエルト、どちらにも効果を顕《あら》わさない。

リーエルトも死神と同じように痛覚を遮断しているのか、あるいは精神に影響を与える力を無効化する道具を有しているのか？　地下迷宮で手に入れた魔導に関する知識から判断するに、おそらく前者だと考えたところで、シアは牽制《けんせい》の魔法を唱えようとする。

その瞬間――、久しぶりに「死」を間近に感じた。

直感に従って、シアは魔法を唱えるのをやめ、前転すると同時に背後から迫る一撃を回避する。

『――驚愕、回避、不可、何故？』

無機質な声が背後で聞こえた。

心が凍るような言葉を聞きながら、シアは歪んだ笑みを浮かべて、背後にたたずむ死神を見る。

死神は自らの権能を使い、一瞬でシアの後方に移動したのである。

その技を今まで使わずにいたところを見ると、回数制限があるのだろう。それでも、今のは絶妙のタイミング、まさに危機一髪であった。

もしいつもと同じように魔法を唱えていたら、シアは背後から巨大な鎌で一刀両断されていたに違いない。

(偶然ですけどね)

「何故」という死神の問いに、シアは心の中で答える。

死を予感したことによる本能的な回避行動であったのだ。

(ああ、まだ死ぬわけにはいかない)

シアの暗い欲望が燃え上がる。

死を望んでいた。

死を渇望《かつぼう》していた。

死にたくて、死にたくて、死にたくて仕方がなかった。

だが、それはアルアークとハルヴァーに救われるまでの話である。

今は、その逆だ。

(アルアーク様とハルヴァー様、この偉大なるお二人が満足するまで死ねない)

不死の異能を持つ少女は願う。

「死神、貴方は遅すぎた」

シアは語りかける。

金色の瞳を汚泥《おでい》の中の黄金のように輝かせ、穏やかに、何処までも穏やかに笑いながら、優しく話しかける。

「偉大なる地下迷宮の支配者が望まれる結末を手に入れるために、私は長年待ち続けた死神《あなた》を拒絶する。去れ。私に死を与えられるのは、偉大なる地下迷宮の君主のみ！」

『――人間、死、不可避、我、死、也《なり》』

シアの宣言を聞き、死そのものである死神は、魂を必ず奪い取ってやるとばかりに、がちゃりと大鎌を向けた。

その存在の在り方に、シアは少なからず感心する。

「結構です……。ところで、私達はだいぶ下に降りて来たとは思いませんか？」

少女と死神達は螺旋図書館を降りながら戦い続けていた。

『――罠⁉』

「御名答《ごめいとう》」

少女は呟き、螺旋階段の壁を埋め尽くす魔導書の名を口にする。

「『暗き夜の書』『微睡《まどろ》む恐怖の帝王』『炎の凱歌』」

その言葉に従い、壁のくぼみに置かれた本がひとりでに開いて、力を発動させた。

地下迷宮に施された罠「魔導書の罠《トラップ・オブ・マジックブック》」である。

本来は、侵入者が手にした書物を読むことで発動する手動発動式《マニュアル》の罠だ。シアは、支配者である兄妹から地下迷宮の罠を発動させる言葉を託されている。

開かれた本から現れる黒い手、無数の巨大な目、朱い炎が具現化して死神に襲い掛かる。

しかし、人間に対しては絶大な効果を挙げる罠も、死を司る神には効き目が薄い。

『――無駄、無為《むい》、無力、徒労、徒労、徒労ぉ！』

カカッと顎《あご》を鳴らしながら、死神は大鎌を振るう。

また、憑代である娘リーエルトも黙って見ているわけではない。

巨大な金槌《かなづち》を振るい、死神の代わりに、シアを休ませることなく攻め続けた。

いかにシアが不死の異能を持つ身であっても、悪魔と融合していない状態の時に手足を潰されれば戦闘不能となる。

(攻撃に彼女が出て来ましたか、狙い通りです)

シアは迫り来る脅威をよけながら、どんよりとした目で死神と鍛冶師の娘を見る。

どちらも疲労とは無縁らしく、攻撃の手は緩まない。

(少しでも動きを制限できるとよいのですが……)

「『幽鬼《レイス》の牢獄《ろうごく》』『大蛸《クラーケン》の悲哀』」

開かれた本から現れた幽霊達が死神に群がり、その巨大な触手がリーエルトに巻き付く。

幽霊達は死神と同質の不死者である。

その触手は打撃武器を無効化する。

しかし死神は、死者を刈り取るのは本業とばかりに、大鎌の一振りで、実体のない亡者達を全滅させた。

リーエルトの方も、大槌の形態を一瞬で大鋏《おおばさみ》に変化させ、亡者達の触手をちょん切ってしまう。

(死神の戦法は予想していましたが、鍛冶師の娘……リーエルトの武器変化は予想外ですね)

このように手の内が隠されている敵は厄介である。

必要とあれば、いくらでも武器の形態を変化させるだろう。

「『腐食白書《ふしょく》』『肉色の蛆《うじ》』『貪る鼠《むさぼ》』」

シアはリーエルトを標的に定め、魔導書を発動させた。

真なる銀《ミスリル》や天界の金属《オリハルコン》をも溶かす腐食性のガス、聖遺物《アーティファクト》さえも滅ぼす獰猛な蛆、あらゆるものを貪り喰らう貪欲な鼠が、リーエルトに襲い掛かる。

そこへ、死神が割って入った。

実体のないガスを引き裂き、蛆を干からびさせ、鼠達を白骨死体にしてしまう。

「それは囮《おとり》です」

先ほど、死神がシアの後ろに回り込んだのと同じように、シアは転移の魔法を唱え、一瞬でリーエルトの背後を取る。

「――転移《ムーブ》、我が剣よ《ドレイシュ》」

魔法により即座に呼び出された短剣は、ドロリと毒液をしたたらせていた。

強襲を受けながらも、リーエルトは即座に「ファランテの断罪衣」を発動させる。

「――起動《アクティブ》、聖ファランテの英刃《レファランディハーズ》」

「――起動《アクティブ》、百魔の毒《ビュルドヘイニム》」

リーエルトの服の一部が糸のように変化して、刃を破壊しようとするが、それはシアも予期していたことだ。

シアの言葉と同時に、短剣から放たれる毒液が瞬時に煙に変化する。

その煙に触れた瞬間、リーエルトが纏《まと》う「ファランテの断罪衣」はボロボロに崩れ始めた。

「道具喰らい《アイテム・イーター》の毒液です」

道具喰らい《アイテム・イーター》とは、リーエルトのような鍛冶師の仲間にとって悪夢ともいえる魔獣である。

子犬ほどの大きさをした球体の魔獣で、触手から出る毒液は、ありとあらゆる道具、武器や防具を錆《さ》びつかせる特性を持つ。これにより、腕のある職人が精魂《せいこん》込めて作った武具も一瞬で破壊されてしまうのだ。

武器を破壊する以外には無害な存在であり、力はそれほど強くなかった。

だが、不意の一撃で愛用の武器を破壊される者は少なくない。

魔法帝国では一部の愛好家達が愛玩《あいがん》動物として飼っていたこともあるが、今では数が激減して、希少魔獣となっている。

当然であるが、その魔獣の毒液を浴びた武器も即座に錆びて壊れてしまう。

リーエルトに毒液を放った瞬間、シアの短剣はボロボロになって崩れ落ちた。

守りの要《かなめ》を失ったものの、リーエルトはまだ無事な大金槌でシアに殴りかかる。

と同時に、シアがボロボロの短剣でリーエルトの腕を斬りつけた。だが、切れ味のすっかり悪くなった刃では、かすり傷さえ与えられない。

「ぐはぁ⁉」

シアは肺の中の空気すべてを吐き出すような悲鳴を上げて吹き飛んだ。

肉体的に脆弱《ぜいじゃく》な少女は予想した通り一撃で動けなくなってしまう。だが、それはリーエルトも同じであった。

シアが手にした短剣に仕込まれている毒は、道具喰らい《アイテム・イーター》のものだけではない。

百魔の短剣。

そこに染み込んでいるのは、ありとあらゆる魔獣の毒素なのだ。

今回は石化鶏《コカトリス》の毒液も同時に刀身にまとわせた。僅かでも触れれば、石化してしまう魔獣の毒素が、リーエルトの体を冒す。

全身に石化毒が回る前に治療しようにも、治癒するアイテムがそもそも、道具喰らい《アイテム・イーター》の毒素で崩壊している。

大金槌も防具も崩れていく。リーエルトは美しい裸身を晒《さら》しながら屈辱と悲哀の表情を浮かべ、助けを求めるように「カイル……」と愛しい男の名を口にして、石化した。

死神にはどうすることもできない。

死を振りまくだけで、癒しの力はないのである。

闇の知識を溜め込んだシアには、そのことがよくわかっていた。

この神は、かつて崇められていた時も今も、ただ殺すことでしか救う術を知らぬのだった。

リーエルトを憑代にした死神は、その憑代を失い、もはやこの場から動けない。

シアにとって、残る唯一の懸念は、聖マウグリスト騎士修道会の人間がこの場に現れることだが、
それもおそらくは〝悪魔を宿した者《マレブランケ》〟の少女達が始末しているはずである。

それに、第二階層は元々が迷路のような構造になっていた。

初めてここを訪れる者が意図してこの場に現れることは不可能といえる。

(傷をつけてはいませんし、役目は果たしました)

シアは主人達の命を果たして、満足そうに笑う。

(まあ、これを使うと、私は裸になってしまうのが難点ですが、命には代えられません)

そんな少女を、死神は虚ろな目で見る。

『――脅威、驚愕、貴様、勝利』

相手がその役目を果したことに、素直な賞賛の声を出し、カカッと顎を鳴らす。

しかし――。

『――死、不可避』

死神は動くことができない。

だが、鎌を投げることはできる。

『――死、死、死、死、死、死、死、死、死、死、死、死、死、死、死、死、死!!!!!!!!!』

カカッと顎を鳴らしながら、死神は力任せに鎌を投げる。

鎌の刃が大きく回転しながら、シアの体を両断しようと迫った。

しかし、少女は動けない。

（これは、甘く見ていました）

悪魔と融合した状態なら話は別だが、今の状態では指をわずかに動かすのが限界である。

魔法を唱えようにも、痛みが強いため、集中できない。

（死にたく……ないなぁ）

自分を助けてくれた兄妹の姿が浮かぶ――、過去の記憶が走馬灯《そうまとう》のように脳内を駆け巡り、死神の放った鎌が突き刺さろうとしていた。

＊　＊　＊

蒼白い鎧を纏《まと》った〝悪魔を宿した者《マレブランケ》〟の少女達と聖マウグリスト騎士修道会の第四部隊との戦いは、第一階層とは真逆の展開となっていた。

第四部隊の面々は、相手に毒が効かぬとわかると、蜘蛛の子を散らすように逃げ出した。

元は山賊盗賊の類である第四部隊は、正面から堂々と戦う気などまったくないのだ。

それを追いかける〝悪魔を宿した者《マレブランケ》〟の少女達。

第四部隊は、黒後家蜘蛛《ブラックウィドウ》の糸を材料に作り出した捕獲用の弾を投げつけ、少女達の動きを鈍らせて自分達が戦いやすい場所に誘導しようとした。

しかし、複雑な地下迷宮を知り尽くしているのは少女達の方である。

戦いやすい場所に誘導しているつもりで、彼らは自ら死地に飛び込んでいるのであった。

「――解放《リベレイト》、消えぬ劫火を纏う者《ルビカンテ》」

少女の一人が、融合した悪魔を分離させる魔法を唱える。

蒼白い劫火に包まれた悪魔は奇声を上げながら、宗教騎士達を追いかける。

この状態の方が、悪魔自身はよほど自由に動き回れるのだ。だが、悪魔が肉体を離れている間、少女の力は人間と変わらなくなるという欠点もあった。その証拠に、先程まで軽々と持っていた大剣を落とし、身に纏《まと》う鎧の重さで身動きできなくなっている。

しかし、騎士達はそのことに気がつかない。燃え盛る悪魔が迫り来るのを見て、ただ必死に逃げるのみである。

同じようなことが各通路で起きていた。

宗教騎士達はあらかじめ決めておいた場所へ撤退してきたが、少女達の体から抜け出た悪魔が四方八方から群がって来る。それに対抗して罠を仕掛けても、人間相手には通用したかもしれないが、暴力の化身となった悪魔達の前では全くの無力であった。

少女達が人間と同じ姿をしていることに惑わされ、人間を相手にするような戦い方をした時点で、聖マウグリスト騎士修道会の第四部隊は敗北していたのである。

＊　＊　＊

地下迷宮の第三階層、地下密林では、一進一退の攻防が続いていた。

至高階級悪魔《アーク・デーモン》と精霊神の力量はほぼ互角であったが、精霊神の側にエルフの娘ソレイユの援護が加わると、至高階級悪魔《アーク・デーモン》の方が不利であった。

精霊神の放つ炎と雷を浴びせられ、体を焼き焦がしながら、ギーは悪態をつく。

「想像以上につぇえ～ぜ！」

ギーは頭を使うのは苦手である。

元々、謀略や陰謀を得意とする悪魔ではないのだ。

彼を生み出したのは、理不尽なまでの暴力とそれを楽しむ狂気の想いだった。

そんな彼の基本的な戦闘スタイルは、圧倒的な腕力と魔力で敵を蹴散らしていくこと。

今まではそれで充分だったし、これからもそうであると信じていた。

これはギーが怠惰《たいだ》なせいではなく、そのように生まれ落ちた悪魔としての特性である。加えて、人と違い、自らの主義を変えることはできない。

そもそも、強くなろうなどと、少しも考えていなかった。

あるがままに、ただ暴力の化身であればよい。

それがギーの信条だが、今戦っている相手も同じく暴力の化身である。

精霊神。

それは、人が崇拝する聖神や恐れる悪魔とは別の存在だった。

大自然の猛威が形を取ったものであり、この世界そのものと深く繫がった絶対の存在。この精霊神を倒すのは至難の業であると同時に、万が一倒してしまったら、周囲の自然は大きくバランスを崩すだろう。

例えば、津波が起こることを防ぐために、海を干上がらせたり、竜巻を危惧《きぐ》して風を止めるなどの無茶をすれば、この世界は死の星と化してしまうに違いない。

多少なりと知識を持っていれば、戦うこと自体があまりに無謀な相手だとわかる。

そういう意味で、この世界の生き物としての原理とは関係のないギーが相手をするのは、正しい判断と言えた。

ギーは、この世界に死が満ち溢れても、別の世界に行けばよいからだ。今はシアと融合しているので使えないが、悪魔の中でも最上位に位置するギーには、空間を渡って別の世界に移動する異能も備わっている。

だが、敵もギーと同じく、戦い方など知らぬ存在だった。

敵がギーを圧倒しているのは、悪魔の言った通り、聖マウグリスト騎士修道会に加わったハイエルフの娘ソレイユの所為《せい》である。

ただ存在するだけで、周囲に災厄をもたらす破壊の化身をソレイユは見事に制御していた。

彼女は正気を失っているが、精霊使いとしての卓越した腕前まで失っているわけではない。

精霊神を巧みに操り、悪魔を抑え込み、隙を見ては致命傷を与えていく。

「ギィーーーイイス！」

絶叫を上げる悪魔を見て、聖マウグリスト騎士修道会の隊長は哄笑した。

「悪魔め、貴様に勝機など欠片もないわ！」

隊長は、ソレイユの働きをまるで自分の手柄であるかのように誇った。

ギーはその姿に怒りを覚えたが、精霊神の攻撃がどんどん苛烈《かれつ》になっていくため、言葉を返せない。

現状、第三階層は最も被害を受けている。

熱帯雨林はまるで、山火事と大嵐、そして洪水が同時に起きたかのような惨状である。

精霊神は天災そのものと化し、ありとあらゆる存在を破壊していく。

その犠牲となるのは、不可思議な力で守られた地下迷宮も例外ではない。

だが、そこはさすがアルアークとハルヴァーの手で生み出された地下迷宮というべきか。

第三階層は荒廃しているが、他の階層にまでは影響は及んでいない。

「まだまだ手ぬるいな」

騎士隊長はそう呟くと、ソレイユに更なる破壊を命じる。

他の階層の魔物とは違い、精霊神には意思がない。そのため、操り手が必要となるのだが、精霊神を操るソレイユも、今はまともな状態ではない。

更に彼女を操る者が必要であったのだ。

「破壊せよ。悪魔も、周囲にある異教の神殿も……」

と言う騎士隊長の喉に、突然鋭い刃が当てられる。

「そのあたりで、やめていただきましょうか」

「なに!?」

騎士隊長を制したのは、〝黒蠅《スカニゲルム》〟の暗殺者ルガルだ。

騎士隊長は護衛に囲まれていたにもかかわらず、その背後を取られたのである。

〝黒蠅《スカニゲルム》〟の暗殺者は腐肉《ふにく》に群がる蠅のように、何処にでも侵入する。そして、目にも留まらぬ速さで短剣を真横に引いて喉を掻っ切るのだ。

だが、今は喉に短剣を当てているだけ。

なぜなら、ソレイユと精霊神の動きを止めることが目的であったからだ。

「命が惜しければ、あのエルフに攻撃をやめるように言え」

冷酷な暗殺者の言葉に、騎士隊長は薄ら笑いを浮かべる。

死を覚悟し、狂気の色を宿す瞳で、こう答える。

「な、舐めるなぁ！　私ごと殺して構わん！　この暗殺者を串刺しにしろ！」

「!!」

ルガルは慌てて跳躍する。

それに一瞬遅れて、宗教騎士達が武器を繰り出し、本来の狙いであるルガルではなく隊長の体を串刺しにした。

判断が遅れていれば、ルガルも骸《むくろ》となっていただろう。

「せ、聖神に栄光あれ……」

体を貫かれながらも、隊長は聖神を讃えて死んだ。

「読み違えたか」

ルガルは醜い顔を歪め、小さく舌打ちする。

狂信者達の執念を甘く見たのかもしれない。

今や、ルガルの周囲にいるのは敵ばかりである。

全員が隊長と同じく、その瞳に狂信的な輝きを宿していた。

「聖神の為に！」

「聖神の為に！」

「聖神の為に！」

ルガルを追いかけようとする宗教騎士団を見て、彼は次の手を打つ。

暗殺者は用意周到である。

最初の手が通じなかった時のために、二手先三手先を常に備えているのだ。

ルガルは指を口に添えて、口笛を吹き鳴らした。

その合図を受けて、伏せていた暗殺者達が、木の陰や沼の中から現れる。

しかし、如何に恐るべき暗殺集団といえども、騎士団に正面から戦いを挑むのは無謀だ。

彼らは毒の矢を放ち、煙幕玉を投げて、宗教騎士団を撹乱《かくらん》する。

その煙幕に紛れて逃げるように見せかけながら、ルガルは静かに身を隠して、宗教騎士達の動きを見張る。

(指揮官を失った割には、動きが統制されている)

いかに狂信的な集団とはいえ、指導者を失えば統制は乱れるはずだ。

しかし、彼らは統制を保ったままであり、暗殺者達を追い詰めようとする。

(先程死んだのは替え玉だったのか……、別の指揮官がいる)

と、ルガルは思い至った。

幸いなことに、ギーが精霊神とエルフを引き付けている。そのため、こちらに手を出す余裕はなさそうである。

退くべきかどうか悩んだが、ここで退いたら状況を打開できない。

そう判断すると、ルガルは今度こそ本物の指揮官の命を奪おうと、注意深く敵陣を見張った。

敵の指揮官は狡猾だ。

身代わりの隊長を用意し、己は姿を隠しながら正確に隊を指揮している。

ルガルは、仲間の暗殺者達が次々と宗教騎士の槍の餌食《えじき》になっていく光景を見ながら、ただひたすら、敵陣を窺った。

その瞳には、死んでいく仲間に対する憐憫《れんびん》もなければ、敵に対する憎悪の感情も一切ない。

腐った果実を探す蠅のような目で、ただひたすら敵の動きを追う。

そして——。

(あそこか!)

暗殺者の鋭い嗅覚が、敵将の位置を探り当てた。

宗教騎士達が動く時、僅かに移動の遅い集団がいる。

(あの十数名の中のいずれかが……)

見当をつけたが、今の手持ちの武器で仕留めることができるのは、せいぜい一人か二人である。

しかも、今は仲間の援護も期待できない。

(暗殺者が命など惜しむこともあるまい)

ルガルは心の中で呟く。

聖王国に捨てられた自分達を拾ってくれた主の為ならば!

ルガルは黒い疾風となって駆ける。

曲芸師のように騎士達の頭や背中を踏み台にして――、標的に向かって疾走する。

無数の槍が突き立てられ、剣が振るわれるが、それらを悉《ことごと》く回避し、素早く短剣を抜き放つ。

刃を抜き放つ音はまるで死の羽音のようであった。

ルガルが標的にした二人の騎士は彼の狙い通り命を絶たれた。

しかし、隊の動きは乱れない。

(外したか!?)

ルガルは心の中で悲鳴にも似た声を上げる。

そこで再び短剣を引き抜こうとするが、それよりも早く宗教騎士達が襲い掛かった。

＊　＊　＊

迷宮都市では、この地下迷宮を統べる支配者ハルヴァーが悪魔を召喚していた。その悪魔の姿を目にした双頭の魔王イスホベルは、思わず数歩後ろに身を退いた。

ハルヴァーが召喚した悪魔とは、一〇一二柱の第四十一柱。

淫靡《いんび》にして無慈悲なる魔王ベルデュース。

蒼白い肌を獅子の毛皮で隠した、三面六臂《さんめんろっぴ》の巨大な悪魔である。

正面に位置する美しい顔は不機嫌そうな表情をしている。その右側に狼の顔、左側にムカデの顔がある。青年の額には第三の魔眼があり、その目はハルヴァーと双頭の魔王を視界に収めている。

六本の腕はどれも太い。だが、足は存在せず、代わりに大蛇の尾を生やしていた。そして無数の蜘蛛の足が鱗を突き破って、無秩序に生え、蠢《うごめ》いている。

自然の摂理に反する禍々しい姿であるが猛々しさを感じる。

「久しいな小娘」

悪魔は尊大な口調でハルヴァーに語りかけた。

「我を気安く呼び出すとは、相変わらず舐めてくれる」

「アハ、君の皮を剥いだこと、まだ怒っているの？」

ハルヴァーは邪悪な笑みを浮かべ、「ごめん、ごめん」とつけ加えた。

まるで、間違って君のご飯を食べてごめんね、と謝るような軽い調子である。

「ふん、勝者はすべてを持っていく。それが魔界の掟《おきて》だ」

悪魔は無愛想に言いながら、ギョロリと第三の眼を動かす。

その視線の先にいるのは、双頭の魔王である。

「イスホベルか……」

悪魔は魔王を見据えて、重々しい声でその名を呼ぶ。

両者は力は同格。その上、司る性質も似通っていた。

魔王ベルデュースは、無慈悲な断罪と理不尽な暴力、堕落に誘う色欲を。

双頭の魔王イスホベルは、不公平な審判と容赦のない破壊、愛憎の矛盾を。

両者が互いに抱く感情を人間風に言うならば、同族嫌悪である。

「イスホベルよ、おまえ、今は聖神の走狗《そうく》となっているのだな？　どうだ、少しは強くなったのか？」

青年の顔の口から、双頭の魔王を見下すような言葉が発せられた。ムカデの顔は相手を嘲って顎《あご》を鳴らし、狼の顔は相手をバカにして吼える。

舐められてはたまらないと、イスホベルは鷲の嘴《くちばし》を交互に開いて返答する。

「ケククク、ベルデュース……、暴れまわるしか能がない暴君よ。貴様こそ、少しは賢くなったのか？」

「ククケケ、何を言う。おまえがそんな小娘にいいように使われるとは、残念だ」

互いに挑発しながら、戦意を高めていく。

一触即発の状況を見て、ハルヴァーが黒髪を揺らしながらある提案をする。

「ベルデュース、賭けをしない？　私の呪法が先に完成するか、アナタがイスホベルを倒すのが先か……、あ、ハンデをつけようかな。肩に乗っているドワーフを傷つけちゃダメ、ということにしよう」

その言葉を聞き、憤怒にかられた魔王は美しい顔を歪める。

「何故、我がそのような……」

「それじゃあ、そっちが勝ったらもう一回闘ってあげるよ。それなら、いいよね？　私がアナタから奪い取った血肉と魔王としての誇りを取り返すチャンスだよ」

「……いいだろう」

そう言って、魔王は自らの武器を顕現させる。

燃え盛る炎でできた剣、雷撃を纏《まと》う斧、穂先から毒の汁がしたたる三叉の槍、巨人の骨で造られたとおぼしき杖、鞭のようにしなる巨大な白蛇、漆黒の手を覆い隠す白色の手甲を、六本の手にそれぞれ持つ。

いずれの武器も、伝説に名を残すであろう破壊力を宿している。

「その提案に乗ってやろう。我が勝利すれば、今度こそ貴様の体を八つ裂きにして、我より奪ったものをすべて奪い返してくれる！」

ベルデュースの大音声《だいおんじょう》が迷宮都市に響き渡る。

「君のそういう単純なところ、すごく素敵だと思う」

ハルヴァーはそう言うと、魔法陣を展開した。

双頭の魔王はまずハルヴァーを倒そうと狙ったが、ベルデュースによって動きを封じられる。

互いに嘲りの言葉を吐いていても、同格の魔王同士だ。その闘いに他者は介入できない。

イスホベルはハルヴァーを狙うのをやめ、三面六臂《さんめんろっぴ》の魔王を打倒すべく、強力な呪いのかかった暴風を巻き起こす。

魔王同士が争う傍らで、ハルヴァーは地下迷宮を統べる者のみが持つ権能を行使し、眷属達の様子を窺った。

普段ならば、水晶球《めだま》を使えば一瞬で情報が入ってくる。

だが、今は水晶球が潰されているため見えるものが少ない。

眷属――、すなわち、ソフィ、シア、ギーの目を通すことでしか現状を確認できないのだ。

(第一階層、第二階層、第三階層……。それぞれ苦戦しているね)

その時、ハルヴァーの頭の中に、地下迷宮を統べるもう一人の支配者アルアークの声が響いた。

「ハルヴァー」

と、その声は呼びかけた。

「兄様《にいさま》?」

ハルヴァーも応える。

「戦況はあまり思わしくないようだな」

「はい。でもすぐに逆転します」

「そうだな。そろそろ我らの援軍が到着する頃合いだ」

兄妹が会話を終えると同時に、三人の魔法使いが地下迷宮に転移してきた。

＊　＊　＊

白竜の憑代であるヴィレットは舞うように剣を振るう。

カイルの仲間の中では戦闘能力は低いが、それでも勇者の仲間である。

白竜の背から降り立った少女は、両手に持った曲刀を交差させた。と、次の瞬間には両手の曲刀から火花を散らせて、白竜の足を止めた女騎士——コーリアスとソフィに襲い掛かる。

「うわぁあああ！！！」

「ちょ、ちょっと待って！！！」

二人の女騎士は悲鳴を上げるが、ヴィレットが待つはずはない。

大楯の守りを解けば白竜の吐息が、銛を捨てれば自由になった白竜が爪と牙で押しつぶしてくるだろう。

ヴィレットの白刃が迫り——、動きが止まる。

「!?」

見ると、彼女の足を黒い手のようなものが掴んでいる。

「た、助け？」

「誰ですか！」

コーリアスとソフィの疑問に、

「〝高等魔女《ハイ・ウィッチ》〟」

空から答える声があった。

「今は滅びし魔法帝国の〝十貴族《テン・ノーブル》〟が一人、〝高等魔女《ハイ・ウィッチ》〟アリスアハトス」

アリスアハトスと名乗った小さな少女は、騎士や竜達を見下ろし、蒼い瞳の三白眼で誇らしげだ。

その年頃はシアと同じくらいか。黒い礼服を着ており、黄金の髪を三つ編みにしている。子供のような愛らしさはなく、どこか人を小馬鹿にしたような笑みを浮かべた。

少女は笑みを崩すことなく付け加える。

「ちなみに、その子を押さえているのは、使い魔〝栄光の手《ハンズ・オブ・グローリー》〟のゲルペンシュ君だ」

【また邪魔者か！　虫共が、うっとうしい！】

白竜は冷たい炎を吐き、自分を見下ろす不遜な少女を凍結させようとする。

それに対して、少女は先端に髑髏《どくろ》の装飾がなされた杖を白竜に突き付けて呪《しゅ》を紡ぐ。

「――防御《ディフェンド》、氷結無効《ルクリス》」

高等魔女《ハイ・ウィッチ》である少女の正面に、うっすらと蒼く輝く壁が生み出された。

その障壁に炎が触れた瞬間、炎は竜に向かって弾き返される。

【バカな！】

竜と同時に、コーリアスも「うそぉ！」と声を上げる。

値切ったとはいえ、全財産をはたいて買い取った楯と同じようなことを、あっさりと行われてしまったとなれば、無理もない。

「魔法帝国は、元々寒い土地でな。吹雪対策の魔法が数多く生み出されているんだよ」

驚く竜と騎士に向かって、魔女は説明する。

「けれど、直接攻撃は苦手でね。本来、魔女術《ウィッチ・クラフト》は支援・妨害に特化した魔法体系なんだ」

少女は三つ編みを弄《いじ》りながら語る。

「だから、そこの騎士二人。何をしようとしているのかは知らないけど、手伝ってあげよう。光栄に思いたまえ」

【舐めるなぁ！】

白竜の王は大きく口を開けて、自分を見下ろす生意気な小娘を呑み込もうとする。

だがしかし、〝高等魔女《ハイ・ウィッチ》〟は即座に新たな呪文を紡いで応戦した。

「――妨害《ディスターブ》、我が寵愛を受けよ《ウルターラテェラプ》」

宙に浮かぶ少女の周囲に魔法円が展開されたかと思うと、その円から銀色に輝く鎖が伸びる。

鎖の標的は白竜。

銀色の鎖が白竜の開いた口に絡み、閉じる。

それを見たソフィは瞳を輝かせた。

「こ、心強い味方ですよ！　これで、作戦は上手くいきますよ！」

しかし、反対にコーリアスは暗い顔で言う。

「持っていかれた。……完全に、手柄を持っていかれました」

そう言いながらも、槍を引く。

白竜は大地に伏し、引きずられていく。

ズルズルと、まるで売られていく牛か豚のように連れて行かれた。

＊　＊　＊

死神の鎌は壁に突き刺さっていた。

シアの姿はどこにもない。

己の獲物がどこかに消えてしまったので、死神はキョロキョロと辺りを見回している。

『——誰、邪魔、何処！』

死神はカカッと骸骨を鳴らしながら、怒気を放つ。

すると、螺旋階段の少し上に一人の青年がいた。シアをお姫様を扱うように恭しく抱きかかえている。

「子供は宝です。それを傷つけようとする輩は私が許さない」

人目を惹く美しい男である。

男は雪花石膏《アラバスター》のように白く美しい貌《かお》に笑みを浮かべながら、黒い巻き毛を弄《いじ》って言った。

『——お前、誰、何者！』

「私は〝高等悪魔崇拝者《ハイ・デモニスト》〟エプリスクラン。滅びし魔法帝国〝十貴族《テン・ノーブル》〟の一人にして、地下帝国に住む子供達の守護者です」

魔法帝国の貴族の証である黄金の髪は漆黒に染まっているが、もう一つの魔法帝国の貴族の証である蒼い瞳は、宝石のように光り輝いている。その容貌は神々しく、アルアークと通じるものがある。年頃は三十代半ば。

死神を見る蒼い瞳からは恐怖は微塵も感じられない。氷のような冷酷さと底なしの悪意を湛《たた》えて、死神を見下ろしている。

「私が罰を与えたいところですが……」

『――笑止、罰、死！』

死神は己の鎌を手元に呼び出すと、男に向かって投げつける。

不規則な線を描いて鎌が迫る。

男はシアをお姫様のように抱きかかえながら、冷たい微笑を浮かべる。

そして――、鎌が破壊された。

あらゆるものに死を与えるはずの鎌が、男の背から生えた四対の悪魔のような翼に両断されたのである。

いかなる奇跡か？

あるいは呪いか？

ともあれ、男は死んでいない。

「せっかちですね。貴方の死はすぐそこです。焦らないでください」

慇懃無礼な態度で、男は相手を哀れむように見下ろす。

『――理解、不能、貴様、人間？』

武器を失って戸惑う死神の言葉に、

「ええ、か弱く愚かな……、復讐に身を焦がす一人の人間です」

満足そうに、あるいは誇るように男は答えた。

＊　＊　＊

そして、第三階層。

ルガルに止めを刺そうとした宗教騎士達に木の蔓《つる》が巻き付いた。

木々が意思を持ったかのように動き、彼らを拘束したのである。

「〝十貴族《テン・ノーブル》〟が一人、〝高等自然崇拝者《ハイ・ドルイド》〟コルストエルム」

誰に聞かれたわけでもないが、樹上に座っている細身の少女が名乗った。

その半身には蔦《つた》を模したような刺青《いれずみ》が彫られている。

手足に金の輪を着け、首には動物の骨で作られた首飾りを提げている。下着のような布きれから覗く体はハルヴァーと変わらぬほど貧相だった。

白く染まった髪と紫色の瞳は、魔法帝国の貴族を名乗るにはだいぶ異色である。

「ルガル殿、勝負を焦りましたなぁ〜。慎重な貴方らしくもない」

少女は老人のような口調で語りかける。

アンバランスではあるが、それがまた、奇妙なカッコと併せて不可思議な魅力になっていた。

「コルストエルム殿……、御助力、感謝いたします」

宗教騎士達の動きが止まったのを見て、〝黒蠅《スカニゲルム》〟の長はすかさず恐縮し、頭を下げる。

「そう畏《かしこ》まらずに……、共に魔法帝国に仕えた同志ではございませぬかぁ」

コルストエルムは飄々《ひょうひょう》と呟くと、ジャラリと腕輪を鳴らす。

すると、無数の木々が不気味に蠢《うごめ》いて宗教騎士達に襲い掛かる。

先ほどまで、ルガルの周囲は敵だらけであったが、今や完全に逆転している。

物言わぬ木々すべてが、強大な力を持つ戦士となって、宗教騎士達を血祭りに上げていく。これこそが〝高等自然崇拝者《ハイ・ドルイド》〟の魔法である。

〝高等自然崇拝者《ハイ・ドルイド》〟の扱う魔法は、自らの欲望を糧とする八体系の魔法とは違い、自然と一体となり、世界の一部となって力を行使する魔法であることから、自然魔法《ドルイド・マジック》と呼ばれている。

魔法帝国が分類した魔法体系とは違い、感覚でのみ掴むことができる力であるため、知識や技術として残すことはできない。

そのため、自然崇拝者《ドルイド》達の立ち位置は魔法帝国でも特別なのである。

自然崇拝者《ドルイド》も魔法帝国の民と同じく聖神を信じていない。代わりに、自然への畏敬の念を強く抱いている。

その理由は、今起きている大虐殺を見れば一目瞭然であろう。

「ギギィース！　こっちも手伝ってくれぇぇ～～！！！！」

地上戦の逆転を見て、ギーは情けない声で助けを求める。

「おや、確かに強敵だ」

コルストエルムは精霊神を見上げながらそう呟くと、紫色の目を細める。

「統率者がいなくなった途端、後先考えずに暴れ出しやがった！　このままじゃ、あのエルフの生気をすべて吸い上げて、第三階層そのものを破壊しつくしちまうぜ！」

ソレイユを操る指揮官は、コルストエルムの魔法によって木々に踏みつぶされてしまったらしい。

悪魔の言葉を聞きながら、少女は半身に彫り込まれた刺青をなぞりつつ呟く。

「それは参りましたなぁ～。アルアーク様からは、エルフを傷つけるなと言われておりますし。いや、仕方がない。出し惜しみは無しにいたしましょう」

と、いかにも困っているふうであるが、それでも彼女は余裕たっぷりに、呪《しゅ》を唱える。

半身を覆う刺青が生き物のように蠢《うごめ》き、それに呼応して濃密な魔力が集まり、周囲の空間が歪みはじめる。

「――禁呪《リチュアル》、すべての災禍《ロヴォストヴァルディエム》は我が手に」

精霊神に向かって、彼女は呪文を放つ。

精霊神と術者は正気を失いながらも、放たれた呪文に対抗しようとした。

ソレイユは即座に防御円を生み出し、三重の結界を展開する。

精霊神は声なき咆哮を上げ、襲い掛かる魔力の波動を打ち消そうとした。

だがしかし、どちらも〝高等自然崇拝者《ハイ・ドルイド》〟の放った魔力を食い止めることはできない。

傷つけるなと命じられた通り、精霊神とエルフのどちらにも傷を負わせることはなかった。その代わり、力をごっそりと奪われてしまう。

彼女が放ったのは単純な攻撃魔法ではなく、あらゆる力を根こそぎ奪い取る呪法だったのだ。

「おお、素晴らしい力ですなぁ。これほど見事な宝石はソウソウできませんぞ」

と老人のような口調で喋りながら、自分の手に収まった色とりどりの宝石を見せる。

それらの宝石は、精霊神とエルフの魔力を奪い取って精製された品物だった。

あらゆる自然災害を治めると同時に、その災害から富を生み出す。

それこそが〝高等自然崇拝者《ハイ・ドルイド》〟の力なのである。

「ギギ！　おい！　あのデカブツはまだやる気みたいだぜ！」

と悪魔が言う通り、精霊神はまだ戦うつもりでいるらしい。

しかし、先ほどまで全身から放たれていた威圧感は失われている。

干からび、渇き、燃え尽きそうになりながらも、巨神はゆっくりと前進を始める。

「おや、力はすべて奪い取ったはずですが……、それでも戦おうとするとは、敵ながら見上げたものですなぁ～」

少女は楽しそうにカラカラと笑う。

「おい！　もう一度やって、止めを刺してくれ！　手負いのまま放っておくのは一番危険だろ⁉」

「いや、そうしたいのは山々なのですが、力を使いすぎてしまいまして……、手持ちの魔力が全くありませぬ」

少女は肩をすくめる。

（ギギ！　こいつ、後先考えてねェ！）

悪魔は〝高等自然崇拝者《ハイ・ドルイド》〟を睨みつけるが、少女は刺青を撫でながら「どうしましょうかぁ」とぼやいている。

「ギィィース！！！　仕方ねェなぁ、ここは俺様が喰いとめてやる。少し休んだから、多少は力も回復しているし、なんとかなるだろう」

「おお、頼もしいですなぁ」

他人事のようにケラケラと笑う少女を見ながら、ギーは心の中で溜め息をついた。

＊　＊　＊

第五階層。

天使長アザナルドのもとへ向かったカイルに、宗教騎士達が襲い掛かる。全員がアルメと同じように身体能力を強化されているが、カイルも負けてはいない。仲間を相手にしていた時には見せなかった容赦のなさだ。

手の傷を気にすることなく、両手で剣を振るい、敵をなぎ倒していく。

心の臓を突き刺されたはずなのに、その剣舞は止まらない。むしろ次第に激しさを増して、あっという間に修道会が護衛として残した宗教騎士十名の半数を倒してしまった。

『脅威だ』

天使長アザナルドの七つの口が同時に言葉を紡ぐ。

『さすがは勇者……、堕ちたとはいえ、侮れぬ』

カイルは天使長に剣を突きつけた。

「人に戦わせるだけじゃなく、たまには自分で戦ったらどうだ?」

『……よかろう』

翼を羽ばたかせて、アザナルドはカイルへ向かう。

『邪悪に魅入られし勇者よ！　光の前に屈せよ！』

異形の天使が発する光は、ただ存在するだけで邪悪なる加護を得たカイルの体を蝕んでいく。

全身を激しい痛みが襲うが、カイルは歯をくいしばって耐えた。

『暗い地下の底で朽ち果てるがよい！』

天使長の全身から、光の波動が放たれる。

不死者を滅ぼし、悪魔を退散させる聖なる波動である。

それは、邪悪に堕ちた勇者に対しても同様の効果をもたらす。

「ぐぁあああぁッッーーーー！！！」

全身の血が沸騰《ふっとう》するような激痛を受けて、勇者はたまらず悲鳴を上げた。

その痛みは、闇に堕ちた代償である。

今やカイルは、不死者《アンデッド》や悪魔《デーモン》と変わらぬ魔性の存在であり、滅ぼされるべき邪悪な存在なのだ。

『今だ！　聖なる使徒達よ。やつは心臓を止めただけでは倒せぬ。両断せよ！』

「御心のままに」

アザナルドの激励に応じて、生き残った宗教騎士達はカイルに襲い掛かる。

「滅びよ！」

「堕ちたる勇者！」

「裁きの剣を受けよ！」

宗教騎士達はカイルに怒号を浴びせながら、彼の体を五等分にするように断ち切った。

勇者の体は引き裂かれ、真っ赤な返り血が宗教騎士の鎧を赤く染め上げる。カイル……というよりもその肉片は、どさりと仰向けに倒れた。

誰がどう見ても死んでいる。

ここまで徹底的に殺したのは、天使長がアルメとの戦いを彼女の目を通して見ていたからだ。

カイルは心臓に何かしらの細工を施している。

ならば、体を引きちぎってしまえばよい。

体をここまで破壊されてしまえば、生きてはいまい。

そう考えたのだ。

だが、それは間違いであった。

「ぐ、ぐぁあああああっーーーー！！！」

「て、天使長様、か、体が！」

「苦しい。体が燃えるようだ！」

叫び声を上げながら、宗教騎士達は崩れ落ちる。

『いったいどうしたというのだ⁉　聖なる使徒達よ！』

その言葉に応じるように、カイルの体が動いた。

『馬鹿な⁉　何故生きている？』

「何故生きているか？　それは、お前らが一番よく知っているんじゃないか？」

バラバラに引き裂かれたカイルの体が、まるで時間を巻き戻しているかのように元に戻っていく。

そして、一秒もしないうちに完全に再生した。

「鎧と服はダメになったか……、まあ、仕方がないな」

カイルは昏《くら》い笑みを浮かべながら、天使長に向かって歩き出す。

「この剣があれば、十分だ」

とカイルが二本の長剣を高く掲げると、天使長アザナルドは思わず数歩後退した。

恐怖というモノを感じることのない天使長が、勇者の気迫に気圧《けお》されたのである。

『何故だ？』

「お前達と同じだよ」

『なに？』

「ハルヴァー様から、カラクリを教えていただいた。お前達は、俺の仲間と繋がっているんだろ？

そのお蔭で、お前は死なないんだよな？　それと同じことを俺もやっているだけさ」

地下迷宮の呪法により、彼らの魂は繋がっているのだ。

ハルヴァーが、それと同種の秘儀を行っても不思議ではない。

『媒介がおらねば、この秘儀は完成しないはず。いったいどこに、魂を共有する者がいる？』

アザナルドの七つの口がそう問いかけた。

「ああ、それはコイツだよ」

とカイルが口を歪めた瞬間、毒竜《リンドブルム》が床をぶち破って現れた。

そして天使長に巻きつく。

それはゴブリンから買い取った獰猛な騎竜だった。

口からはモクモクと毒の息を吐き出している。

『毒竜と魂の絆を結んだというのか！』

「ああその通りだ。毒を吸っても大丈夫なようにと、ハルヴァー様のお力により、俺とコイツは魂を共有している。その代価として、全身の血が猛毒に変化したが問題な……」

『娘達の心を歪めている理由は、我らの影響を受けすぎないようにするためでもある。それをしていないということは、貴様すでに正気ではないな？』

「いいや、正気だよ」

人は竜でもなければ、死神や精霊神、魔王、天使でもない。

だから無理矢理力を共有させようとすれば、どちらかを殺すしかない。

もちろん、殺されるのは弱い方――、人間である。

両者を生かそうとすれば、どちらも壊れてしまうのである。

しかし、カイルは自らの意思の力で竜を従えている。

「たいした苦痛じゃない。溶けた鉄を呑まされることに比べれば可愛いものだ」

灼熱の鉄を呑ませるというのは、聖王国の兵士達が魔法帝国の住民に対して行った拷問のひとつである。

彼らは魔法使いや魔女の体を押さえつけ、ドロドロに溶けた鉄を口の中に流し込んだ。

当然ながら、全員凄まじい激痛の末、死を迎えている。

地下迷宮の支配者達により、カイルはその時の苦痛を追体験させられた。

「俺はアルアーク様とハルヴァー様が負った苦痛の一部を受けた。体の痛みは耐えられたが、心の痛みは耐えられなかった。愛する者同士が引き裂かれる苦しみ、嘆き、恐怖、いずれも耐えがたいものだ」

カイルは諦めと嘆きが混じり合った声音で語り続けた。

「そして、許しがたいことだ」

その口調は憎悪に満ちている。

カイルは魔法帝国の民が受けた苦しみと痛みを数千人分ほど追体験したところで心が病んでしまったが、アルアークとハルヴァーはその数百倍、数千倍以上の苦痛と憎悪を取りこんでいるのである。

勇者は二人に畏敬の念を感じた。

しかし天使長は、そんなことは意に解さない。

『聖なる使命を忘れただけでなく、私怨に取り憑かれるとは！』

毒竜《リンドブルム》を引き剥《は》がそうと、天使長は暴れる。

だが竜は大蛇のような体をきつく締め上げて、天使長の動きを封じてしまう。

「使命か……。今の俺の使命は聖王国を滅ぼすことだけだ」

カイルはきっぱりと言い切った後、天使長に斬りかかる。

勇者が纏《まと》う狂気、絶望、苦痛を前にして、天使長の七つの顔が歪む。

『キギャァアアアアアア――――――！！！！！』

地下迷宮に痛ましい叫びが響き渡った。

そして、もう間もなく、この地下迷宮は同じような叫びで埋め尽くされることになる。

天使長の絶叫を聞きながら、勇者は小さく呟く。

「世界を灰燼《かいじん》に帰した後、新しく始めよう」

堕ちた勇者の呟きは、誰にも聞かれることなく闇の中に消えた。

＊　＊　＊

アルメが奇跡で生み出した光り輝く細剣《レイピア》は、〝烈風の〟二つ名にふさわしい速度でアルアークとの間合いを詰め、必殺の一撃を叩き込んだ。

聖なる奇跡で作られた刃は、邪悪なる存在に対して高い効果を発揮する……はずであった。

だがしかし、アルアークの体には刃が届かない。

服さえ斬ることもできぬまま、光の刃は無効化される。

「⁉」

「聖王国の聖堂騎士《パラディン》は、魔法が効かない体質だったな？」

驚くアルメに、アルアークは冷たい声で語りかける。

「人の中には稀に、特殊な力を持って生まれてくる者がいる。多くの場合は変異者《ミュータント》として狩られるが、聖神教にとって都合のいい存在は神の寵児《ちょうじ》とされて、優遇されるな。魔法が効かぬ体質の者を集めた聖堂騎士団などがいい例だ」

「だからなんだぁ！」

アルメは手負いの獣さながらに吼えた。

圧倒的な実力差を痛感しても、女の戦意は衰えない。

愛憎入り混じった目でアルアークを射抜くと、細剣に新たな輝きを付与する。

その強さに、地下帝国の支配者は嬉しそうに話を続けた。

「生まれ持った力に善も悪もないだろう？　その者の行動によって善か悪かが決まる」

「貴様らが正義だと？」

「いいや、私達は悪だとも。そう望み、そう行動している。そして、悪を滅することができるのは、善なるものだ。いつの時代のおとぎ話でもそう決まっている」

「ならば、滅びろ！」

そう言って、女は更なる手を繰り出す。

「――補助《サポート》、命を削る光剣《カルゲンディス》」

自らの生命力を犠牲にして、細剣《レイピア》の威力を倍加する高位の魔法である。

この奇跡を使用したのは、今までに二回だけ。

一回目は、聖堂騎士に入隊する時の試練。

二回目は、聖神教会の命令により、不滅の邪神フィーニットを封印した時だ。

その戦いでアルメはカイルと共に戦った。

そして彼女の身を案じた勇者は、秘術の使用を禁じたのである。

――アルメ、命をかけるようなマネはしないでくれ。

邪神を封印した後、心の底から自分のことを案じている男にアルメは興味を覚えた。

彼女は強く、美しかったため、つねに周囲の羨望《せんぼう》の的であった。だが同時に、嫉妬や非難にもさらされていた。

女の聖堂騎士達はアルメの強さに憧れていたが、男の聖堂騎士達は自分よりも強い女に敵愾心《てきがいしん》を抱いていたのである。

そんなアルメに優しい言葉をかける男はいなかった。

だから、カイルが労りの気持ちを示してくれた時、カイルがどんな人物か知りたくなった。

知れば知るほど、惹かれていった。

カイルの優しさ、強さに惹かれ、一人の男性として好きになるのにそれほど時間はかからなかった。だが、彼の周りには自分と同じような女が何人もいた。

アルメは戦いにおいては玄人であるが、恋愛や色事に関しては素人である。

それは、カイルや他の女達にも共通して言えた。

気がつけば、アルメは愛憎の念が膨らみ、些細なことで感情を爆発させることになってしまった。

カイルをめぐる女同士の修羅場を止めようとした聖騎士達に重傷を負わせ、その罪により、アルメと女達は投獄されたのだった。

牢獄に囚われた彼女達に、聖王は告げた。

――勇者は地下迷宮に向かい、心を囚われた。

――救えるのはお前達しかいない。

――救った者こそ、勇者の心を射止めるだろう。

蜜のように甘い言葉が、彼女達の心を掴んだ。

「カイル君を助けるのは私……」

アルメはそう言いながらも、カイルに再会した瞬間に憎悪が溢れ出した。

なぜなら、聖王の言葉には教皇との計略により、勇者との再会後に愛情が憎しみへと変わるよう呪いが込められていたからだ。

愛は人を動かすのに最も適している。

そして、愛は容易く憎悪に変化する。

今、アルアークの蒼い瞳に映るのは、愛と憎しみに狂った聖堂騎士アルメの姿である。

そうなった原因の大半はカイルだったが、聖王が為した画策も彼女を惑わせた。

「アルメ……、貴公がカイルを追いかけて聖堂騎士をやめたのは正しい選択だった」

全力で向かってくるアルメに対して、アルアークは親しみを込めて告げる。

愛憎に狂う彼女のことを、アルアークは自分と同種だと感じ取っている。

アルメは、その言葉に耳を傾けない。

今度は、アルアークの胸を刃で貫いた。

自らの命を削って作った光の刃は、邪神を封じた時と同じように、地下迷宮の支配者にも効力を及ぼすはずだ。

しかしアルアークは、胸を貫かれながらも平然と話し続ける。

「もしも貴公が聖堂騎士の一員として魔法帝国攻略戦に従軍していたなら……、カイルを味方に引き入れることはできなかった。私は守れない約束はしない主義なのでな」

傷を与えているが、迷宮の化身であるアルアークを滅ぼすには――、まだ足りないようだ。

「――強化《ブースト》、全て《エルミュド》をかける……」

更なる命の掛け金を支払おうとしたアルメよりも先に、魔法帝国の皇子は魔法を唱える。

「――禁呪《リチュアル》、我が血肉は闇《スヴェルヴァンドグルシェーネ》」

その滑らかな呪文詠唱は、剣士にして奇跡を使う聖堂騎士よりも遥かに速く正確である。

魔法が効果を発動した瞬間、地下迷宮の支配者の胸を貫いた光の刃が漆黒に変質した。

アルメは慌てて手を放そうとするが全く動かない！　血肉の代わりに、黒い闇の触手が剣に絡みついているからだ。

「安心しろ。カイルと添い遂げたいという願いも叶えよう」

「ぐ、ぐがぁああ！！！！　うそ、嘘だぁ！　私に魔法は効かないはずなのに……」

黒い闇の触手は、まるで大蛇《アナコンダ》のような力で締め付けてくる。アルメは苦痛の声を上げ抗議するが、アルアークは気にすることなく語りかけた。

「お前に魔法は効かぬ。だが、私自身には効果がある。少しばかり血肉に眠っている魔法帝国の民の怒りを目覚めさせただけだ」

「血肉の中に……、これだけの怨念を？」

闇の触手に籠《こ》められた怒りの密度から考えて、おそらく何百万もの怨念を取り込んでいるのだろう。アルアークはそれらすべてを統率しているのである。

「全体の半分だけだが。残り半分は、妹が盗ってしまったのでね」

アルメが思わず口にした問いに、アルアークは驚くべき返答をした。

それを聞いて、アルメの抵抗する気力が失われていく。

「……」

凄まじい業を背負っている。

その狂気の深さは、恋に盲目となった自分の比ではない。

絶対に勝てない存在を前にして、抵抗を続けられるほど、彼女の心は強くなかった。

「ふむ、カイルほどの精神力はないか……」

闇の触手がアルメを完全に呑み込むのを見届け、アルアークは妹に告げる。

「準備は終わった」

その言葉に、すぐ上の階層にいる妹から返答がある。

「うん、兄様《にいさま》……、それじゃあ、この戦いを終わらせよう」

地下迷宮全体が大きく振動した。

＊＊＊

今や、地下帝国に侵入した者達はすべて、その動きを封じられている。

ハルヴァーが高めた魔力を解き放ったのだ。それによって地下迷宮が大きく揺れた。

「――禁呪《リチュアル》、大いなる帰還《ロードスティーリア》」

もしも今、地下迷宮を遥か上空から俯瞰《ふかん》したら、巨大な五芒星《ごぼうせい》が出現しているのが見えただろう。

巨大な五芒星のそれぞれの先端にいるのは、地下迷宮に侵入した白竜、死神、精霊神、魔王、天使長の五体の怪物である。彼らはすべての付与能力を奪い去られ、聖王国に送還される。

彼らと魂を繋いだ憑代の娘達は全員、地下帝国の者に敗れているため、ハルヴァーの放った呪文に抗おうにも、その術がない。

「グケケ！！！」

「ゲククク！！！」

双頭の魔王は鳴き声を上げながら、この場所に留まろうとした。

しかし、それは聖王国の地下迷宮の眷属にとっては虚しい抵抗だった。

聖王国の地下迷宮にも、アルアークとハルヴァーの地下迷宮と共通する部分がある。

第一に、迷宮の支配者は外に出られない。

第二に、迷宮の宝物を失えば、支配者の力が激減する。

第三に、迷宮には核が存在するが、その核が破壊されたら迷宮は消滅する。

地下迷宮の眷属も主と同じく、通常は地下迷宮の外には出られない。眷属とは地下迷宮の化身から直接力を授かっている存在であり、邪悪にして悪辣なる地下帝国ではユニーク・モンスターがそれに該当する。

そして、聖王国の地下迷宮では、この場に攻め込んだ五匹の魔物が眷属にあたる。

だが、彼らを地下迷宮の外に出すための方策は多々存在する。

例えば、今回のように、誰かを憑代にして外に出るという方法があるのだ。しかし、この特別な方法を使って外に出た時、万一、その憑代が殺されたり、憑依の術が解かれた場合には、その世界に顕現し続けられなくなるのだ。だから、憑代を守り、術が解けないようにするための対策は幾重にも練られているが、完璧な対処法はない。

地下迷宮内であれば、あらゆる虚偽を見破ることのできるハルヴァーが、この機会を見逃すはずがなかった。

「聖なる迷宮に還るといいよ。そして、できれば伝えてほしい。私達の言葉を……、滅びし帝国の嘆き、苦痛、憎悪、余さず纏《まと》めて送ると。——それじゃあ、幕引きだ」

双頭の魔王は魂をすり潰されるような悲鳴を上げ、邪悪にして悪辣なる地下迷宮から放逐《ほうちく》されようとしていた。

いや、魔王だけではない。

白き竜王。

虚ろな死神。

不死の精霊王。

神聖なる天使長。

教皇から祝福を受けた魔物はすべて、洗い流されようとしていた。ハルヴァーの呪法により、彼らとカイルの仲間の間にあった繋がりがすべて断ち切られてしまったからだ。それでも、彼らは必死に地下迷宮に留まろうとしていた。

「必死だね」

　ハルヴァーは呟く。

「憑代がなくなった状態で外に出れば、地下迷宮の眷属である君達の存在は掻き消えてしまうんだから、必死にもなるか」

　そう、それが彼らの致命的な弱点だった。憑代を得ることで迷宮の外に出ることができる。だが逆に言えば、迷宮の外で憑代を失えば自らも存在できなくなるのだ。

　それはつまり、アルアークやハルヴァーと同じく、媒介なしでは地上に出ることができないということである。

　送還の大魔法により、乙女達との繋がりが絶たれた今、彼らが送り返される先は、触媒となったレイネル公爵がいる地上である。

【太古から生きるあたしが、こんなところでェえええ――――！！！】

　まずは白竜が吼えた。

　悪あがきのように冷たい炎を吐きながら抵抗するも、その姿は次第に透明になり、消え去っていく。

『――死？　我、死、驚愕、恐怖、愉快！』

　次は死神の番である。

ついに自分もか、とカカッと髑髏《どくろ》を鳴らしながら、消滅した。

「……」

精霊神は無言であった。

強大な力を持つこの災厄の化身は、自らが消える瞬間においても何も語らず、ただ嵐が過ぎ去るようにいなくなった。

「グケケケ、嫌だ。いやだ。いやだぁあああ！！！！」

「ゲククク、助けて、助けろぉ、助けろぉおお！！！！」

一方、魔王は往生際が悪かった。

じたばたとあがき、無駄な抵抗を続けている。それを見て、ベルデュースは身内の恥とばかりに拳を叩き込む。

「「ぎゃぁああああ――――――！！！！」」

断末魔を上げながら、魔王はその存在を消した。

『馬鹿な、悪が勝つなど！』

最後は天使長である。

すでに敗北を悟りながらも、それでも彼は抗議をやめない。

『正義が果たされぬなど、信じられぬ。いや、たとえ我が負けようとも、正義は屈さぬ。聖神よ、今御許《みもと》に参ります。願わくは、邪悪に鉄槌を！』

自分は敗北しても、最終的には正義が勝利すると、天使長は声を張り上げる。

それを聞き、ハルヴァーは邪悪な笑みを浮かべた。

「邪悪に対抗できるのは、善良なる者だけだよ。君達は正義という名の邪悪でしかない。そして、邪悪な者である以上、邪悪にして悪辣なる私達には勝利できない」

『我らは正義にして善、常に正しき存在』

「へぇ、それじゃあ、君にだけ特別なお仕置きをしてあげようか」

転移の魔法を維持しながらも、ハルヴァーは天使長に呪いをかける。

その瞬間、天使長の翼が漆黒に染まった。

『き、貴様！』

「堕天使化《フォールダウン》、普通は禁を破ることで行われる天使の属性変化現象だけど、私達が保持する権能をもってすれば、禁を破らずとも悪なる存在に堕とすことは可能だよ」

『や、やめろ、ヤメロォオオオオ！！！』

その絶望的な悲鳴を耳に、ハルヴァーはうっとりとした表情で言う。

「ああ、いい悲鳴だ。そうそう、そんな感じで消えてもらわないと」

白い体を黒く汚しながら、天使長はその姿を消した。

地下迷宮に侵入した強大なる存在がすべて消え去ったのを見て、ハルヴァーは呼び出した魔王の方へ向き直る。

「相変わらず見事だ。まったくもって、憎たらしい」

三面の魔王はハルヴァーを見返しながら、苦々しい声で呟く。

「いつかお前が滅びた時、その魂は我が必ず手に入れてやろう」

「アハ、手に入れられたらね。けど、今回はありがとう。お蔭で助かったよ」

「親愛の情を向けるな！　それは魔王である我にとって、最も不愉快なものだ」

顔を歪める魔王に、ハルヴァーは悪びれることなく笑顔を向ける。

兄であるアルアークと違い、相手が嫌だと言っても心の向くままに接するのは、ハルヴァーの美点でもあり欠点でもある。

「また呼ぶよ」

その言葉に応えることなく、魔王は姿を消した。

後は、聖マウグリスト騎士修道会の宗教騎士達を殲滅するだけである。信仰篤《あつ》い宗教騎士達は最後まで降参することなく徹底抗戦を貫くだろう。仮に降伏を願い出たとしても、ハルヴァーは彼らを許すつもりはなかった。

「さて、それじゃあ、第二回戦と行きま……、ん？　何？」

宗教騎士を殲滅せよと命じようとした時、そのタイミングを見計らったかのように、地下迷宮への出入り口の一ヵ所に配置していた使い魔《インプ》から報告が入る。

「ロナン王国の騎士団……？　ああ、ひょっとして彼かな？」

ハルヴァーはまたしても邪悪な笑みを浮かべる。

盗賊の娘を救うために、魔法使いはだいぶ奮闘したらしい。

見事に生贄《いけにえ》を運んできてくれた。

「善悪の関係なく愛は素晴らしいね。約束はもちろん守る。偽善を掲げる連中は、自分に不利となれば平然と約束を破るけど、邪悪を標榜《ひょうぼう》する私達はそんなことはしない」

ハルヴァーは、地下迷宮の一角に「保管」していた娘を解放するように思念を送る。

「さて、それじゃあ改めて……、地下迷宮を血で染め上げよう。回廊という回廊すべてで殺戮し、広間という広間で死肉を貪れ。私が……、私達が許す。あらゆる邪悪を、あらゆる悪徳を！　さあ、宴《うたげ》を始めよう」

その言葉に呼応し、地下迷宮の各地で鬨《とき》の声が上がった。

＊＊＊

追放された魔物が向かう先は聖王国。

正確には、地上にあるレイネル公爵の肉体に戻っていくのだ。

「ギィイイイいぃいいぃいぃいいぃ――――――――！！！！！」

しかし、神話に名を連ねる五体の魔物を、ただの人間であるレイネル公爵の体が受け止められるわけがない。公爵は凄まじい金切り声を上げながら、内側から破裂するように爆発四散する。

還るべき器を確保できなかった地下迷宮の眷属は、その身を朝露《あさつゆ》の如く消してしまう。

圧倒的な力を得た代償である。

「聖王陛下！」

レイネル公爵が弾け飛んだのを見て、聖王の護衛をしていた守護騎士が驚きの声を上げる。

もはや肉片となった公爵の姿に、聖王国の王は魔物が滅びたことを確信すると、「ほっほっほっ」と穏やかに笑う。

「魔法帝国の子か。いやいや、実に元気そうで結構」

その声に焦りの色はない。

「各国に伝令を送れ……、これより第二次聖征戦争《セカンド・クルセイド》を始める」

地の底がダメならば、地上から消してくれよう、というのだ。

聖王国に――、聖神教会に対抗する者は徹底的に叩き潰す。

屍山血河《しざんけつが》が出来上がるのを想像して、聖王は「ほっほっほっ」と好々爺《こうこうや》のように笑った。

エピローグ

モニカが手にした「地下迷宮の書」には、聖マウグリスト騎士修道会の宗教騎士達や、それに少しばかり遅れて地下迷宮に侵入したロナン王国の騎士が殲滅される様子が書かれ始めている。

モニカはぴょんと撥《は》ねた前髪を揺らしながら、「地下迷宮の書」を閉じると、大きく背伸びをした。

「う～ん、互角と思ったんスけど、読みが甘かったスね。〝十貴族《テン・ノーブル》〟をここで呼び戻してくるとは……」

モニカはどうしたものかと考える。

そして、背後にいる人物に問いかけた。

「セレスさん、地下迷宮に向かわなくていいんで？」

七勇者の一人にして、異端児である勇者セレス。

聖都で激闘を繰り広げたセレスとモニカの二人が、互いに致命傷を与えながらも、こうして一緒にいるのは理由があった。

「向かおうと思うんだが、その前にテメェのことを知りたくてな」

「謎は謎のままで、って言ったじゃないスか～」

道化師のようにおどけるモニカに、黒き勇者は野性的な笑みを見せる。

「殺せたらな。けど、テメェは死んでねェ」

「……殺しても死なない人間なんて、珍しくもないスよ」

「例えば『不死』の異能か？　いや、違うよなぁ。オレ様……、おっと、わたくし様の剣はそんな奴らも殺せる特注品だ」

呪われし聖剣ヴァーツラフ。

聖者ホリィが使用した聖剣だったが、聖神教が何度も戦いに用い、あまりに多くの血を吸いすぎたせいで、ついには持ち手を滅ぼす呪いを帯びてしまったのだ。

「神をも殺すヴァーツラフの伝説は有名スねぇ」

「そこだ。この剣を手にしてから、誰にも銘を明かしてねェ。なのに、どうしてお前さんは知っている？　どうにも、いろいろ知りすぎている」

警戒の色を強めるセレスに、モニカは猫のように笑う。

「想像するのは自由ですよ～」

その笑顔はさあ正体を見破ってみろ――、と挑発するような表情である。

「じゃあ、想像で言わせてもらうぜ。お前の正体は……」

そのセレスの言葉は、途中で風に掻き消された。

しかしモニカにだけは聞こえた。

「おぉ、正解スよ。さすがにヒントを出し過ぎましたかねェ？　けど、言った通り、証拠を提示できないでしょうから、狂人の戯言《ざれごと》と見られても仕方ないんですよねェ～」

「いや、オレ様……いや、わたくし様は信じてるぜ。おっと、勘違いするなよ。テメェを信じるんじゃねェ。自分の勘を信じるんだ」

「なんか、ツンデレみたいな台詞で、あんまり嬉しくないですね」

「はぁ？　ツンデレ？」

怪訝そうな顔をする勇者に、モニカは肩を竦める。

「いえ、何でもないス。で、どうしますか？　正体を見破ったうえで、もう一度戦います？」

「やめておこう。それよりいろいろ聞きたくなった。休戦しようぜ。お前も、知らないことがあるだろ？」

黒き勇者の言葉が予想外だったのか、モニカは驚いたように目をぱちくりさせる。

そして、色違いの瞳《オッドアイ》を不気味に輝かせるセレスの目をしばらく見て、敵意の色がないのを認めると、軽く肩を上げた。

「いいスよ。それじゃあ、少しばかり話しましょうか」

その後、モニカの話を聞き終えた女勇者は、しばらくの間モニカと行動を共にすることを選択した。何が彼女の気持ちを変えたのか定かではないが、セレスが邪悪にして悪辣なる地下迷宮に向かうことはなかったのである。

地下迷宮に攻め込んだ宗教騎士団が壊滅した後、遅れて参戦したロナン王国の騎士団の面々は、アルアークとハルヴァーが手を下すまでもなく、地下迷宮に巣食う魔物達と凶悪な罠により壊滅した。

そして、僅かに生き残った聖マウグリスト騎士修道会の騎士達は捕らえられて、アルアークとハルヴァーがいる「王の間」に連れて来られた。

「おのれ！　邪教徒共が！　殺すなら殺せ」

「聖神よ。どうか我らを導きたまえ」

「我らは死すとも、必ずや裁きが！」

強い信仰を持つ彼らは死を怖れることなく吼える。

それを見たアルアークとハルヴァーは、顔をしかめた。

死を怖れない人間を殺しても、意味がない。

それでは、復讐を遂げたことにはならないのである。

「ではひとつ、その信仰心を折ってみるか」

「どうするの？　兄様《にいさま》」

アルアークは地下迷宮で死した魂がどのようになるのか、彼らに教えることにした。

「聞け、聖王国の騎士よ。我が迷宮に囚われた魂がどうなるのか」

アルアークは、彼らの心に染み込むような声音で告げる。

「我が迷宮で死した者の魂は、迷宮に食われる。貴公らに死後の安らぎは訪れぬのだ」

その言葉に騎士達は表情を固くする。

「ば、馬鹿な、我らには聖神の加護がある」

「死後は、永遠の幸福を約束されているのだ」

「すべて、ハッタリだ」

宗教騎士達は不安を覚えつつも、アルアークの言葉を否定する。

彼らの焦りや恐怖を感じて、兄妹は満足そうに微笑み、その不安と恐怖が現実のものであると教えることにした。

「では、見るがいい」

「これが、地下迷宮で朽ちた者達の末路だよ」

その瞬間、アルアークとハルヴァーの背後に無数の怨霊が現れる。

すべてが苦痛に顔を歪め、声なき悲鳴を上げ、助けを求めるかのように手を伸ばしている。あっという間に部屋は死者でいっぱいになった。天井、壁、床、ありとあらゆる場所から手が伸びてきて、生き残った宗教騎士達の体を触る。

「お、おのれ、化け物が……」

「聖神よ、我を守りたまえ」

「去れ、去るのだ悪霊よ」

そんな騎士達の姿を見ながら、アルアークとハルヴァーは面白そうに笑う。

「何を怯えている。貴公らの同胞達であろう」

「少しばかり生気が無くなったけど、一緒に戦った仲間でしょ？」

その言葉に、騎士達は亡霊の顔を慌てて見る。

それは彼らと共に、この地下迷宮に攻め込んだ宗教騎士達であった。

死後の幸福を約束されていた者達が、悲痛な叫び声を上げているのである。

「あ、ああ……、そんな、そんな……」

「聖神よ……」

「な、何故だ。何故このようなこと」

先ほどまで威勢の良かった騎士達はすっかり生気を無くしていた。

そんな騎士達の反応を見て、アルアークとハルヴァーは満足げに笑う。

「見ての通りだ。貴公らに死後の安らぎは訪れない」

「永劫《えいごう》、地下迷宮の闇を彷徨《さまよ》いなさい」

そう言った瞬間、死霊達が大挙して、宗教騎士達に襲い掛かる。

聖神に対する信頼を失った彼らは、赤子のように泣き叫ぶ。

「い、いやだぁ、いやだぁあああ」

「たすけて、助けてください……、お願いです、たすけ……」

「死にたくない、死にたくない、死にたくないいぃぃぃい」

当然ながら、アルアークとハルヴァーが慈悲を示すことはない。

彼らは泣き叫びながら、死者達の波に呑み込まれ、後には何も残らなかった。

「心の芯を折ってやれば、他愛のないものだ」

「そういう意味じゃ、カイルの仲間達の方が骨はあったかもね。兄様《にいさま》」

憑依された娘達を呪縛から解放すると、アルアークとハルヴァーは約束通り、すべての娘をカイルに与えることにした。

女達はみな正気を取り戻したが、操られていた時のことを少なからず覚えており、結局、自分達の誰か一人を選べとカイルに迫った。しかし、カイルは選ぶことなどできなかった。

世の女性達には大変申し訳ないのだが、男という生き物は、自分に好意を向けてくれる女性が何人もいた場合、その全員をほとんど同じレベルで愛することができてしまうものなのである。

カイルは幸か不幸か、多くの女性に愛されるという栄誉を手にした。しかも、どの娘もそれぞれタイプの違う美女に美少女である。その中から一人を選ぶのは、まだ年若いカイルには無理な相談である。とはいえ、いつまでも答えを保留にするわけにはいかない。

アルアークとハルヴァーは十分な食料と水、そして寝台が置かれた部屋を生み出すと、カイルと仲間達をその部屋に押し込めた。そして外側から鍵をかけ、部屋の中に催淫《さいいん》ガスを流し込んで、一週間ほど放置したのである。

「めでたし、めでたし」

ハルヴァーは迷宮都市の一角で仲睦《なかむつ》まじく暮らすカイルとその仲間達の姿を見ながら、邪悪に微笑んでいた。

「少し強引な方法だったけど、上手くいったね。兄様《にいさま》」

「そうだな」

「きっと、倫理的には間違っているけど」

「倫理？　この地下迷宮には、そのようなものはない。ただ快楽を貪り合うような愛の形でも、祝福しよう」

アルアークは冷たい笑みを浮かべながら、勇者達の堕落を言祝《ことほ》ぐ。

「正しく不幸せになるのと、間違って幸せになるのと、どっちがいいんだろうね？　兄様《にいさま》」

「決まっているだろう」

「そうだね。決まっているよね」

「では、駒を次へ進めよう」

「うん、私達の復讐計画を進めよう」

兄妹は配下の幸福を喜びつつ、自分達の目的を達成するために動き出した。

雨竜秀樹（うりゅうひでき）
千葉県在住。2013年にWeb上で連載を開始した小説が、瞬く間に人気を得る。アルファポリス刊「邪悪にして悪辣なる地下帝国物語」で出版デビュー。

イラスト：ジョンディー
http://ameblo.jp/johndee

本書は、「小説家になろう」（http://syosetu.com/）に掲載されていたものを、改稿のうえ書籍化したものです。

邪悪《じゃあく》にして悪辣《あくらつ》なる地下帝国物語《ちかていこくものがたり》3

雨竜秀樹（うりゅうひでき）

2015年 2月 6日初版発行

編集－中野大樹・太田鉄平
編集長－塙綾子
発行者－梶本雄介
発行所－株式会社アルファポリス
〒150-6005東京都渋谷区恵比寿4-20-3恵比寿ｶﾞｰﾃﾞﾝﾌﾟﾚｲｽﾀﾜｰ5F
TEL 03-6277-1601（営業） 03-6277-1602（編集）
URL http://www.alphapolis.co.jp/
発売元－株式会社星雲社
〒112-0012東京都文京区大塚3-21-10
TEL 03-3947-1021
装丁・本文イラスト－ジョンディー
装丁デザイン－ansyyqdesign
印刷－中央精版印刷株式会社

価格はカバーに表示されてあります。
落丁乱丁の場合はアルファポリスまでご連絡ください。
送料は小社負担でお取り替えします。

ISBN978-4-434-20230-8 C0093